D1462628

À vous de jouer !

STÉPHAN BILODEAU

MARTIN CHARBONNEAU

À vous de jouer !

Le démon des glaces

Stéphan Bilodeau
Martin Charbonneau

Éditeur : François Doucet
Révision linguistique : Carine Paradis
Correction d'épreuves : Nancy Coulombe, Carine Paradis
Design de la couverture : Matthieu Fortin
Illustration de la couverture : Mylène Villeneuve
Illustrations de l'intérieur : Mylène Villeneuve
Mise en pages : Sébastien Michaud
ISBN 978-2-89667-056-7
Première impression : 2010
Dépôt légal : 2010
Bibliothèque et Archives nationales du Québec
Bibliothèque Nationale du Canada

Éditions AdA Inc.
1385, boul. Lionel-Boulet
Varennes, Québec, Canada, J3X 1P7
Téléphone : 450-929-0296
Télécopieur : 450-929-0220
www.ada-inc.com
info@ada-inc.com

Diffusion
Canada :   Éditions AdA Inc.
France :   D.G. Diffusion
               Z.I. des Bogues
               31750 Escalquens — France
               Téléphone : 05.61.00.09.99
Suisse :   Transat — 23.42.77.40
Belgique :   D.G. Diffusion — 05.61.00.09.99

Imprimé au Canada

SODEC

Participation de la SODEC.
Nous reconnaissons l'aide financière du gouvernement du Canada par
l'entremise du Programme d'aide au développement de l'industrie de l'édition
(PADIÉ) pour nos activités d'édition.
Gouvernement du Québec — Programme de crédit d'impôt pour l'édition de
livres — Gestion SODEC

**Catalogage avant publication de Bibliothèque et Archives nationales du
Québec et Bibliothèque et Archives Canada**

Bilodeau, Stéphan, 1967-

    À vous de jouer !

    Sommaire: t. 8. Le démon des glaces.
    Pour les jeunes de 7 ans et plus.
    ISBN 978-2-89667-056-7 (v. 8)

    1. Livres dont vous êtes le héros. I. Charbonneau, Martin, 1972-   . II. Labbé,
Dominique. III. Valois, Sylvie. IV. Titre. V. Titre: Le démon des glaces.

PS8603.I465A62 2007   jC843'.6   C2007-940961-X
PS9603.I465A62 2007

Dès votre arrivée dans la capitale, vous comprenez qu'il s'est produit un événement dramatique. Des gardes et des mages courent dans tous les sens.

Voilà six heures à peine, alors que vous étiez sur le chemin du retour, Deltamo, le mage félon responsable de tant de crimes, est apparu par téléportation dans le palais royal. Après avoir mis les mages du palais en déroute, il s'est emparé de Nieille et a annoncé, d'une voix sarcastique, que si « un certain héros » voulait la sauver, il n'avait qu'à suivre Deltamo dans les terres du nord, au pays glacé de Telka.

Mais on dirait qu'il vous lance un défi ! Transformez-vous en guerrier, en magicien, ou en voleur et allez vite sauver Nieille !

Vous pouvez maintenant visiter notre petit monde en vous rendant sur le site Web suivant :

www. LivresAvousDeJouer.com

Ou sur notre forum :

www.SeriesFantastiques.com

***

Nous tenons à remercier tous ceux qui ont participé de près ou de loin à cette merveilleuse aventure.

J'aimerais remercier personnellement Mylène Villeneuve. Grâce à ses fantastiques illustrations, ce tome est encore plus captivant.

Un merci particulier à notre équipe de testeurs, soit : Dany Hudon (auteur), Elise Sirois-Paradis (auteure), Sébastien Thomas Claude Mompéo, Antoine Leclerc, Marc-Olivier Deschênes, Rick Ouellet, Michel Giroux, Dominic Turcotte, Jessyca Bilodeau et Bianca Bilodeau.

Table des matières

Mot de bienvenue

Bienvenue dans ce monde fantastique dont VOUS serez le personnage principal. Vous vivrez une merveilleuse aventure dont vous, et vous seul, serez le guide.

Pour cette aventure, vous aurez besoin d'un dé à six faces, d'un bon jugement et d'un peu de chance.

En premier lieu, vous devrez créer votre personnage. Dans ce livre, vous pourrez choisir d'être un guerrier, un magicien ou un voleur. Choisissez bien, car chacun des personnages a ses propres facultés — le chapitre suivant vous expliquera la marche à suivre. Si vous êtes un habitué de la collection *À vous de jouer !*,

vous pouvez également utiliser un personnage que vous avez déjà créé dans l'un des
livres de cette série.

Le charme de cette série réside juste-
ment dans votre liberté d'action et dans la
possibilité de retrouver votre héros et votre
inventaire d'articles d'un livre à l'autre.

Bon, maintenant que nous avons piqué
votre curiosité, il ne nous reste plus qu'à
vous souhaiter une bonne aventure…

La sélection du personnage

AVANT de commencer cette belle aventure, vous devez sélectionner un personnage. Si vous le désirez, vous pourrez choisir le même personnage que vous avez utilisé dans les autres tomes de la collection *À vous de jouer !*

Vous trouverez à l'annexe 2 des fiches de personnages que vous pouvez utiliser. Voulez-vous être guerrier, magicien ou voleur ? C'est à vous de choisir.

Nous avons aussi inclus, sur notre site Web, de nombreuses classes de personnages que vous pouvez aussi utiliser. Nous vous indiquons également comment les ajuster pour ce tome à l'adresse :

www.LivresAvousDejouer.com

Attention, pour jouer ce tome, il est préférable d'avoir un personnage avec une attaque de 15 ou de 16, sinon votre aventure risque d'être très ardue.

NOM, ÂGE ET AUTRES RENSEIGNEMENTS

Veuillez indiquer le nom ainsi que l'âge de votre personnage. Vous pouvez ajouter d'autres renseignements concernant votre héros, par exemple ses origines, sa race et le nom de ses parents. Plus vous personnaliserez votre protagoniste, plus vous vous y attacherez.

ATTAQUE

Cet attribut représente la rapidité de vos attaques. Ce pointage permettra, grâce à la grille d'attaque (présentée un peu plus loin), de déterminer qui frappera en premier. Il est établi en fonction de la classe de votre personnage.

VIE

Cet attribut représente votre vie. Il est déterminé en fonction de la classe de votre personnage. Si vous êtes touché, vous devrez réduire vos points de vie. Attention ! Si ces points baissent jusqu'à zéro, vous mourrez !

CHANCE

Cet attribut représente votre chance. Il vous sera parfois demandé d'effectuer un « Jet de Chance ». Dans ce cas, vous devrez simplement lancer le dé. Si votre résultat est égal ou inférieur à votre total de points de chance, vous aurez réussi votre jet.

HABILETÉ

Cet attribut représente votre habileté à effectuer certaines actions. Il vous sera parfois demandé d'effectuer un « Jet d'Habileté » afin de vérifier si vous réussirez ou non une action en particulier. Dans ce cas, vous devrez simplement lancer le dé. Si votre résultat est égal ou inférieur à vos points d'habileté, vous aurez réussi votre action.

ÉQUIPEMENTS

Vous avez des équipements de départ en fonction de votre personnage, mais vous pourrez vous en procurer d'autres soit en les trouvant lors de votre quête, soit en les achetant à la ville (voir la section « La boutique »).

ARMES/MAGIE

Vous démarrez l'aventure avec plusieurs armes de base. Vous pourrez en obtenir d'autres soit en les trouvant lors de votre quête, soit en les achetant à la boutique. La force de l'arme est décrite dans la colonne « Dégât/magie ».

Attention ! Vous ne pourrez utiliser que les armes autorisées par la classe de votre personnage. Vous pourrez vous en servir aussi souvent que vous le désirerez, ce qui n'est pas le cas pour la magie. Comme les « sorts » nécessitent un grand apprentissage et de nombreux ingrédients pour être réalisés, le magicien ne pourra les utiliser qu'un certain nombre de fois par jour. Voir la colonne « Utilisation », près de la colonne « Dégât/magie ».

Quelques règles

La boutique

À votre départ, vous pourrez vous y procurer un objet en payant le montant indiqué. Vous pourrez aussi vendre un objet en échange de la moitié de sa valeur. Attention ! Le marchand achète seulement les articles qu'il connaît, donc seulement ceux qui sont déjà dans la boutique.

Dans ce tome, vous retrouverez plusieurs petites boutiques. Il est intéressant de voir que la boutique change d'un livre à l'autre. Donc, profitez-en. De plus, vous trouverez sur notre site Web une boutique virtuelle que vous pourrez utiliser en tout temps pour effectuer vos achats.

Attention! Dans le tome 8, contrairement aux autres tomes, vous n'aurez accès
qu'à la boutique de la ville où vous êtes
situé; donc, assurez-vous d'acheter l'essen-
tiel. Nous vous réservons cependant quelques surprises.

LES POTIONS

Vous constaterez rapidement que les
potions sont très importantes dans ce jeu.
Assurez-vous d'en avoir toujours dans
votre équipement. Bien qu'il existe plusieurs catégories de potions, dans ce tome,
vous retrouverez principalement des
potions de vie. Ces dernières vous permettent de regagner certains des points de vie
que vous aviez perdus au combat. Rappelez-
vous que vous ne pouvez jamais dépasser
votre nombre initial de points de vie.

Vous pouvez vous servir des potions à
tout moment, même en cours de combat,
sans être pénalisé.

LA MORT

Comme nous l'avons mentionné, vous êtes
déclaré mort quand vos points de vie sont

égaux ou inférieurs à zéro. Dans ce cas, vous devez absolument recréer un personnage et recommencer le jeu au début. Profitez donc de cette occasion pour ne pas commettre les mêmes erreurs…

L'utilisation de la carte

Vous trouverez au début de la quête une carte de la région. Conservez-la bien, car elle vous guidera tout au long de l'aventure. Vous retrouverez également ce document (version couleur) en format imprimable sur notre site Web :

Www. LivresAvousDeJouer.com

Les déplacements

Chaque numéro de la carte représente un paragraphe du livre. Vous commencez votre périple à la ville de Nukulu (emplacement 01). Pour explorer le territoire, déplacez-vous sur un numéro adjacent à votre position et lisez le paragraphe du livre qui correspond à ce numéro.

LES RETOURS À LA VILLE

Lors de votre expédition, vous aurez à traverser plusieurs villes, vous permettant ainsi de vous ravitailler.

Les combats

Ci-dessous est présenté le fonctionne-ment des combats développé exclusi-vement pour la série « À vous de jouer. » Nous vous suggérons fortement de l'uti-liser. Mais pour les adeptes de la série « Livre dont vous êtes le héros », vous retrouverez, sur notre site Web, une alternative.

Lors de votre aventure, vous aurez à combattre des créatures terrifiantes. Pour entamer un combat, vous devez avoir en main un dé ainsi que la grille d'attaque ci-dessous. Cette grille figure aussi sur toutes les fiches de personnage.

	Différence entre mes points d'attaque et ceux de mon adversaire										
	Désavantage						Avantage				
	5	4	3	2	1	0	1	2	3	4	5
1	0	0	0	0	0	0	0	0	0+1	0+1	0+1
2	X	X	0	0	0	0	0	0	0	0	0+1
3	X	X	X	X	0-1	0	0	0	0	0	0
4	X	X	X	X	X	X	X-1	0	0	0	0
5	X+1	X	X	X	X	X	X	X	X	0	0
6	X+1	X+1	X+1	X	X	X	X	X	X	X	X

(Lancer 1 dé (6 faces))

GRILLE D'ATTAQUE

Si vous choisissez d'affronter l'ennemi, ou si les circonstances ne vous laissent pas le choix, le combat se déroulera en plusieurs assauts successifs. À chaque assaut, l'un de vous sera blessé et perdra des points de vie.

Celui qui a l'attaque la plus élevée détient l'Avantage Offensif. Cet avantage se mesure en faisant la différence entre vos points d'attaque et ceux de votre adversaire.

❖ Si votre valeur d'attaque est supérieure à celle de votre adversaire,
vous serez en avantage. Comptez

combien de points vous séparent de votre adversaire. **Exemple :** Si votre valeur d'attaque est de 10 et que la valeur de la contre-attaque est de 7, vous aurez un avantage de 3 points (10 - 7). Vous utiliserez donc la colonne « 3 » de la grille sous le mot « Avantage ».

❖ Si votre adversaire a une valeur d'attaque supérieure à la vôtre, vous serez en désavantage. Comptez combien de points vous séparent de votre adversaire. **Exemple** : Si vous avez une valeur d'attaque de 10 et que la valeur de la contre-attaque est de 12, vous aurez un désavantage de 2 points (12 - 10). Vous utiliserez donc la colonne « 2 » de la grille sous le mot « Désavantage ».

❖ Si votre attaque est égale à la contre-attaque, vous utiliserez la colonne « 0 ».

Une fois que vous connaîtrez la colonne dans laquelle vous devrez jouer, gardez-la en mémoire. Elle ne changera pas durant le combat.

Pour porter un coup, lancez un dé. Les valeurs du dé (de 1 à 6) apparaissent aux six rangées de la grille d'attaque. Selon le chiffre obtenu, rendez-vous à la rangée correspondante jusqu'à la colonne que vous avez mémorisée. Le résultat de l'assaut sera écrit dans la case.

- ❖ 0 : Vous avez touché votre adversaire. Soustrayez de ses points de vie les dégâts infligés par votre arme.

- ❖ 0 + 1 : Vous avez porté un coup très dur! Soustrayez des points de vie de votre adversaire les dégâts infligés par votre arme, plus 1 point.

- ❖ 0 - 1 : Vous avez porté un coup léger à votre ennemi. Soustrayez de ses points de vie les dégâts infligés par votre arme, moins 1 point.

- ❖ X : Votre ennemi vous a blessé. Soustrayez de vos points de vie les dégâts infligés par son arme.

❖ X + 1 : Votre ennemi vous a porté un coup très dur ! Soustrayez de vos points de vie les dégâts infligés par son arme, plus 1 point.

❖ X - 1 : Votre ennemi vous a porté un coup léger. Soustrayez de vos points de vie les dégâts infligés par son arme, moins 1 point.

Premier exemple : Vous affrontez un monstre laid. Il a 9 points d'attaque et 11 points de vie. Il est muni de griffes qui causent 3 points de dégât. Vous avez 12 points d'attaque et 20 points de vie. Vous disposez d'une épée qui cause 5 points de dégât.

Vous êtes en avantage de 3 points (votre attaque est de 12, et la contre-attaque de 9). Vous utiliserez donc la colonne « Avantage : 3 ». Vous lancez le dé.

❖ Vous obtenez 4 : La rangée « 4 » indique « 0 ». Vous avez touché votre adversaire. Il perd 5 points de vie. Il lui en reste 6. Vous lancez le dé une autre fois.

❖ Vous obtenez 6 : La rangée « 6 » indique « X ». Le monstre vous a touché. Vous perdez 3 points de vie. Il vous en reste 17. Vous lancez le dé une troisième fois.

❖ Vous obtenez 1 : La rangée « 1 » indique « 0 + 1 ». Vous avez porté un coup dur ! Le monstre perd 5 + 1 points de vie. Il lui en reste 0. Alors, il est mort. Vous avez gagné !

Deuxième exemple : Vous affrontez un diable rouge. Votre adversaire a 14 points d'attaque et 18 points de vie. Il est muni de griffes qui causent 4 points de dégât. Vous avez 10 points d'attaque et 16 points de vie. Vous disposez d'une épée qui cause 5 points de dégât.

Vous êtes en désavantage de 4 points (votre attaque est de 10, et la contre-attaque de 14). Vous utiliserez la colonne « Désavantage : 4 ». Vous lancez le dé.

❖ Vous obtenez 3 : La rangée « 3 » indique « X ». Votre ennemi vous a touché. Vous perdez 4 points de vie.

Il vous en reste 12. Vous lancez le dé une autre fois.

❖ Vous obtenez 1 : La rangée « 1 » indique « 0 ». Vous avez touché le diable. Il perd 5 points de vie. Il lui en reste 13. Vous lancez le dé une troisième fois.

❖ Vous obtenez 6 : La rangée « 6 » indique « $X + 1$ ». Vous avez subi un coup dur ! Vous perdez $4 + 1$ points de vie. Il vous en reste 7. Vous relancez le dé.

❖ Vous obtenez 4 : La rangée « 4 » indique « X ». Votre ennemi vous a touché. Vous perdez 4 points de vie. Il vous en reste 3. Ça tourne mal ! Vous aurez besoin de chance pour gagner ! Vous relancez le dé de nouveau.

❖ Vous obtenez encore 4 : La rangée « 4 » indique « X ». Votre ennemi vous a touché de nouveau. Vous perdez 4 autres points de vie. Malheureusement, le diable a été plus fort que vous. Vous êtes mort…

Particularités du tome

LES POINTS DE GEL

Dans cette aventure, vous allez voyager dans les terres polaires de Telka. Si vous ne faites pas attention, vous subirez les effets du gel. Vos points de Gel commencent à 0 au début de l'aventure. Si vous gagnez des points de Gel, vous devrez faire deux choses :

— les ajouter à votre total de Gel ;
— les retrancher de vos points de Vie.

Par exemple, si vous avez 36 points de Vie et 4 points de Gel, et que le vent froid vous coûte 3 points de Gel, vos points de Gel passent à 7 et vos points de Vie passent à 33.

À n'importe quel moment, si votre total de Gel dépasse les points de Vie qu'il vous reste, vous mourez de froid et votre aventure prend fin !

Heureusement, vous pouvez également diminuer vos points de Gel. À ce moment, vos points de Vie remontent. Chaque nuit chaude dans une auberge vous permettra de retrancher 5 points de Gel (ceci vous fera récupérer 5 points de Vie en même temps).

MONSTRES ALÉATOIRES

Parfois, il vous sera demandé de «lancer un dé selon la règle des Monstres Aléatoires et combattre la créature». Vous devrez dans ce cas :

— lancer un dé (6 côtés) ;
— ajouter 190 au résultat ;
— aller combattre la créature située au paragraphe portant le numéro du résultat que vous avez obtenu.

Exemple : Si vous obtenez 5 sur votre dé, vous devez combattre le monstre décrit au paragraphe 195 du livre.

JACK

Petite particularité concernant votre ami Jack. Vous pouvez commander à Jack d'attaquer avec vous lors de vos combats. S'il le fait, vous lancez, à chaque tour, un dé d'habileté pour Jack qui possède 4 points d'habileté. S'il réussit, il fait alors 1 point de dégâts sur l'adversaire. Jack ne subira pas d'attaques lors des combats, car votre adversaire se concentre principalement sur vous.

La quête

En cette journée ensoleillée, vous rentrez d'une mission qui s'est déroulée beaucoup plus facilement que prévu. Alors que le Roi craignait un rassemblement de trolls dans les monts de Dilay, vous êtes arrivé sur place et avez découvert une petite troupe de gobelins mécontents sous les ordres d'un unique gros troll laid à deux têtes. Pour un aventurier de votre envergure, la chose fut réglée en deux temps, trois mouvements — et deux décapitations plus tard, vous inscriviez le monstre bicéphale à votre illustre tableau de chasse.

Depuis vos dernières aventures à Hazila, vous n'avez reçu aucune mission mettant vos vrais talents à l'épreuve, et vous commencez à vous ennuyer. Vous avez appris tout ce que votre maître d'enseignement peut vous inculquer au Niveau Argent, mais pour mériter le Niveau Or, il faudrait que vous accomplissiez une action d'éclat, c'est-à-dire triompher d'une mission difficile qui prouverait votre valeur.

C'est dans l'espoir de formuler cette requête à votre souverain que vous rentrez maintenant dans la capitale. Mais vous avez oublié un précepte fondamental de la vie : il faut toujours prendre garde à ce que l'on souhaite. Car vous serez bientôt entraîné dans une aventure périlleuse qui mettra non seulement votre propre vie en danger, mais aussi celle de votre meilleure amie !

***

Dès votre arrivée dans la capitale, vous comprenez qu'il s'est produit un événement dramatique. Il n'est guère difficile de le deviner, en voyant l'effervescence qui règne dans le palais royal. Des gardes et des mages courent dans tous les sens, criant les noms les uns des autres et paraissant bizarrement paniqués. Vous apprenez ce qui se passe lorsque Jack apparaît en bondissant.

Jack est une grenouille. Ou plutôt « un » grenouille. Enfin, une grenouille mâle ; il n'y a pas de nom pour ça. D'ailleurs, il faudrait un nom assez unique pour décrire une grenouille mâle tombée dans une marmite de soupe magique qui se prend désormais pour un chevalier défenseur de la veuve et de l'orphelin.

— C'est une catastrophe ! dit Jack. C'est un désastre ! C'est un cataclysme !

— Calme-toi et explique-moi ce qui se passe, rétorquez-vous.

— C'est Deltamo ! Tu sais, le sale type !

— Encore lui ? maugréez-vous. Qu'a-t-il encore fait, celui-là ?

— Il est venu ici ! Au palais ! Tu t'imagines ? Il a fui avant que je puisse m'occuper de lui. Tu vas être fâché ! Il a… non, c'est trop horrible !

— Mais vas-tu finir par cracher le morceau ? dites-vous avec énervement.

Jack bondit frénétiquement sur votre épaule.

— Il a kidnappé Nieille !

Vous demeurez un instant silencieux. Puis une exclamation fuse de vos lèvres.

— Quoi !

***

Suite à l'effarante révélation de Jack, vous vous êtes empressé de rejoindre votre maître d'enseignement, et ensuite le Roi de Gardolon lui-même. Ils ont confirmé la triste nouvelle. Voilà six heures à peine, alors que vous étiez sur le chemin du retour, Deltamo, le mage félon responsable de tant de crimes, est apparu par téléportation dans le palais royal. Après avoir mis les mages du palais en déroute grâce à ses immenses pouvoirs, il s'est emparé de Nieille et a annoncé, d'une voix sarcastique, que si « un certain héros » voulait la sauver, il n'avait qu'à suivre Deltamo lui-même dans les terres du nord, au pays glacé de Telka.

— Mais… on dirait qu'il me lance un défi !

— Tu veux dire qu'il *nous* lance un défi, précise Jack.

Le Roi hoche solennellement la tête.

— Nous le croyons également. Vois-tu, tes victoires récentes ont affaibli le pouvoir de Deltamo. Plusieurs de ses complices ont été tués ou arrêtés. Il doit t'en tenir rancune. Pour un mage de son talent, apprendre ton identité exacte n'a probablement pas été difficile. C'est ainsi qu'il a dû comprendre que tu étais ami avec Nieille, ma fidèle conseillère.

— Il faut la sauver ! vous exclamez-vous.

Votre maître d'enseignement prend la parole.

— Deltamo souhaite t'attirer dans un piège, affirme-t-il. Les terres du nord sont inhospitalières. Deltamo les connaît mieux que toi, car il a dû s'y réfugier lorsque nous avons tenté de procéder à son arrestation. Si tu vas là-bas pour le combattre, il sera avantagé.

— Peu importe, répliquez-vous. Je dois y aller pour sauver Nieille.

Le Roi et votre maître échangent un regard. Puis votre maître hoche la tête.

— Je savais que tu réagirais ainsi. Je devais simplement te mettre en garde. Maintenant, si tu désires entreprendre ce sauvetage, je peux te venir en aide. J'ai fait rassembler les meilleurs sorciers du palais — enfin, ceux que Deltamo n'a pas envoyés à l'infirmerie. Tous ensemble, ils pourront prononcer un puissant sortilège de Téléportation. Tu seras immédiatement transporté dans les terres glacées de Telka, mais après cela, tu seras livré à toi-même. Comment penses-tu vaincre Deltamo s'il s'attaque directement à toi ?

— Je trouverai le moyen, répondez-vous avec assurance. Ce forban a un plan. S'il voulait m'attaquer directement, il aurait pu attendre mon retour au palais, ou encore, m'agresser sur la route. S'il voulait seulement me faire du mal, il aurait pu simplement tuer Nieille. Au lieu de cela, il l'a enlevée et emmenée dans le nord, et il m'a lancé un défi. Il ne veut pas se battre. Il essaie de me manipuler. Il doit espérer que je joue dans son jeu. Il suffira que je sois plus rusé que lui lorsque le moment sera venu !

Le Roi vous serre la main.

— Je te souhaite bonne chance. J'apprécie beaucoup Nieille, tu le sais. Ses conseils et sa joie de vivre sont pour nous un réconfort, alors j'aimerais qu'elle me revienne en un seul morceau.

— Je la sauverai, promettez-vous. Ce Deltamo est allé trop loin. Cette fois, il va payer !

***

Une heure plus tard, vous êtes debout au centre d'un cercle magique de téléportation, entouré de mages expérimentés. Ils ont commencé le sortilège. Bientôt, vous serez en route.

Tout à coup, la forme orangée de Jack bondit dans le cercle.

— Tu ne vas pas partir sans moi ? Qui pourfendra ce traître de Deltamo ?

— Jack, je t'ai dit de rester ici ! C'est trop dange…

Vous avez le temps de remarquer, bizarrement, la tuque et l'écharpe dont la rainette s'est pourvue en prévision du grand froid. Puis le sortilège de Téléportation s'active.

Un instant plus tard, le froid des terres de Telka mord la peau de votre visage.

Il est désormais trop tard pour que Jack reste au palais. Vous êtes arrivés à destination, et à partir de maintenant, c'est *À vous de Jouer !*

***

Rendez-vous au 1.

1

Avant d'entamer le sortilège de Téléportation, les magiciens du palais vous ont appris qu'ils allaient vous transporter au village de Nukulu, celui qui se situe le plus au sud. Ils voulaient éviter que la neige et les tempêtes ne brouillent le sortilège, et vous étiez évidemment d'accord. Vous ne vouliez pas réapparaître en plusieurs morceaux différents dans un blizzard quelconque !

Mais apparemment, les magiciens n'ont pas visé parfaitement. Le village est bel et bien visible, mais vous devrez marcher plusieurs minutes dans le froid pour y arriver.

En grelottant, vous vous mettez en route dans la neige qui vous arrive aux genoux.

La température inclémente a quelque chose de bon : elle vous fait prendre conscience d'une réalité incontournable. Vous ne pouvez pas explorer les régions polaires de Telka à pied, même si vous avez pensé à emporter des bottes et des vêtements chauds. Si vous voulez vous aventurer dans les terres du nord et traquer Deltamo, il faudra que vous commenciez par obtenir un traîneau et des chiens, ainsi que des fourrures plus épaisses. Il vous faudra aussi des vivres pour plusieurs jours de voyage, des couvertures, des pics à glace, et toutes sortes de nécessités auxquelles vous n'êtes pas habitué en climat chaud.

Lorsque vous arrivez à Nukulu, vous avez les pieds gelés et Jack a maintenant un glaçon à la place du nez. Il éternue et essuie sa morve sur votre chandail.

— Il fait froid.

— Je t'avais dit de rester au palais.

— Mais que ferais-tu sans moi ? proteste-t-il. Qui sait quand tu auras besoin d'un chevalier à tes côtés ? Et puis, nous ne voulions pas te le dire, mais Nieille et moi sommes des amoureux.

Cela vous fait glousser ; toutefois, ne voulant pas trop vous attarder sur cette remarque, vous vous empressez de clore le sujet.

— OK, Jack, ça va. Mais arrête de te moucher dans mes vêtements.

Jack répond en éternuant à nouveau.

Pour échapper au froid, vous vous empressez d'entrer dans la taverne du village. Puisque la nuit est proche, les habitants ont terminé leurs travaux de la journée et la taverne est bondée. En dépit de cela, vous arrivez à trouver une table libre et commandez une boisson chaude.

— La même chose pour moi, ajoute Jack à la surprise du barman.

Quelques minutes plus tard, un serveur vous apporte deux verres. Vous vous demandez où ils ont trouvé un verre à la taille d'une grenouille, mais ils ont réussi.

— Cela fait du bien, dites-vous en buvant l'espèce de café bleu qu'on vous a servi.

❖ Si vous avez des pouvoirs magiques (c'est-à-dire, si vous êtes magicien, oracle, sorcier ou druide), **allez au 2**.

❖ Sinon, **allez au 3**.

2

Lorsque les magiciens ont récité le sortilège de Téléportation pour vous expédier dans

le nord, vous avez fait des efforts importants pour mémoriser la formule. Vous
croyez avoir réussi. Si vous désirez tenter
de réciter ce sortilège durant votre aventure, décidez d'abord de l'endroit où vous
souhaitez aller. *Cela doit être un endroit que vous
avez déjà visité*, afin de pouvoir le visualiser
en pensée. Lancez ensuite un «Jet d'Habileté». Si vous réussissez, vous arrivez à
vous téléporter à l'endroit voulu et vous
pouvez vous y rendre immédiatement. Si
vous échouez, le sortilège ne fonctionnera
pas. Mais *d'une façon comme une autre*, cette
magie puissante vous affaiblira de 4 points
de Vie. Faites donc très attention. Pour le
moment, vous ne pouvez vous téléporter
nulle part, car vous n'avez encore rien
visité. **Allez au 3**.

3

Maintenant que vous êtes réchauffé, vous
devez passer aux choses sérieuses. Il faut
que vous trouviez le moyen de louer un
traîneau, des chiens et de l'équipement.
Vous vous approchez du comptoir de la
taverne et parlez au barman. Il vous

informe que le commerce de Golub, situé de l'autre côté de la rue principale, répondra à vos besoins. Toutefois, il faudra que vous payiez 100 pièces d'or pour obtenir un équipement complet pour une expédition.

— C'est cher, dites-vous.

— C'est la vie, répond le barman.

Ni vous, ni votre maître, ni même le Roi n'avez prévu cette situation. Puisque vous n'avez pas reçu une bourse pour les frais du voyage, vous allez devoir puiser dans vos réserves. Si vous avez accompli avec succès les aventures précédentes de la série *À Vous de Jouer !*, vous avez peut-être déjà des économies de 100 pièces d'or. Si c'est le cas, vous pouvez vous rendre tout de suite **vous rendre au 4**. Mais si vous n'avez pas 100 pièces d'or sur vous, ou si vous voulez augmenter le contenu de votre bourse, il faudra que vous trouviez le moyen de gagner de l'or.

Le tavernier rigole.

— J'ai besoin d'un serveur, je pourrais t'engager. Mais avant d'avoir 100 pièces d'or avec les pourboires que les gens d'ici donnent, tu aurais une barbe blanche. Je te suggère de faire le tour des tables. Tu es à L'Auberge de l'Ours polaire. Il y a toujours un moyen de gagner des sous.

Vous observez la salle. Pour vous approcher des tables et voir ce que les gens du coin peuvent vous proposer, rendez-vous aux paragraphes indiqués sur l'image suivante.

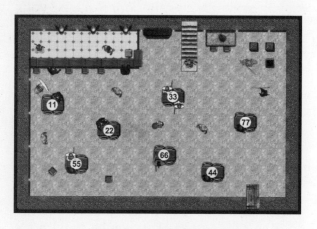

L'Auberge de l'Ours polaire

4

Vous avez maintenant l'argent dont vous avez besoin, mais il est trop tard pour partir en expédition aujourd'hui. Vous décidez donc de passer la nuit à l'auberge avant de vous rendre chez Golub pour acheter votre équipement.

Le lendemain, dès le matin, vous vous préparez à la grande opération de sauvetage. Après avoir rassemblé vos armes et vos possessions, vous vous rendez, en compagnie de Jack, chez le dénommé Golub. En échange de 100 pièces d'or, vous faites l'achat d'un traîneau et de huit chiens du nord au pelage touffu. Le traîneau est chargé de tout l'équipement dont vous aurez besoin pour l'expédition : couvertures chaudes, tente individuelle en peau d'ours, pics à glace, cordes solides avec grappins, lampe à l'huile, et assez de vivres pour dix jours.

— Nous voilà prêts à tout ! proclame Jack avec fierté.

Avec votre centième pièce d'or, vous achetez une carte de la région, sur laquelle sont indiqués les villages esquimaux des terres de Telka. Voici cette carte :

À partir de Nukulu, vous devez vous diriger vers le nord pour atteindre Iluq; c'est le seul village que vous pouvez atteindre en une seule journée de voyage.

— En route! annoncez-vous.

— *Mush!* crie Jack en sautant sur le dos d'un chien de traîneau.

Vous devez rapidement le sauver avant que le chien n'en fasse qu'une bouchée !
Allez au 7.

5

Une bonne bagarre est toujours spectaculaire, alors les gens se rassemblent autour de vous. Vous ne pouvez plus reculer désormais. Votre réputation en dépend. Puisque c'est une bataille aux poings, vous ne pouvez pas utiliser vos armes, vos sortilèges, ou vos techniques spéciales. Le vantard a 30 points de Vie. Il tombera par terre s'il en perd 20. De votre côté, vous pouvez tomber par terre (et perdre) n'importe quand. Mais si vous tenez vraiment à gagner, attention à ne pas vous laisser tuer ! Pour vous battre, lancez le dé à tour de rôle. Vous commencez, car le prétentieux se laisse frapper le premier.

Dé	Coup porté
1	Gifle à la joue : −1 point de Vie
2	Coup dans le ventre : −2 points de Vie
3	Poing au plexus : −3 points de Vie

Dé	Coup porté
4	Direct au menton : −4 points de Vie
5	Uppercut :−5 points de Vie
6	Ravage au visage : −8 points de Vie !

Tel que spécifié, vous pouvez abandonner quand vous voulez. Attention, les points de Vie que vous perdez sont perdus pour vrai !

Si vous gagnez, vous récoltez 50 pièces d'or. Si vous perdez, vous ne récoltez que des bleus et des moqueries.

❖ Si vous avez maintenant 100 pièces d'or, **allez au 4**.

❖ Sinon, **retournez au 3** et changez de table.

6

Malgré votre méfiance, vous vous asseyez à la table du nécromancien. Il lève la tête. Sous son capuchon noir, vous ne voyez pas ses yeux, mais sa bouche se plisse en un sourire malveillant. Il se met à ricaner.

— Oui, je prévoyais que tu viendrais me voir.

— Comment le saviez-vous ?

— Je sais toujours quand les gens ont besoin d'or.

Vous hésitez, mais vous finissez par lui demander s'il peut vous aider à obtenir des pièces d'or. Il ricane à nouveau d'une voix feutrée.

— Rien de plus facile.

Il vide alors le contenu d'une bourse sur la table. Vous écarquillez les yeux. Il doit bien y avoir une centaine de pièces d'or !

— Que dois-je faire en échange ? demandez-vous suspicieusement.

Le nécromancien désigne l'or de la main.

— Les pièces sont à toi … mais elles sont ensorcelées.

Il ne dit rien de plus.

❖ Si vous souhaitez prendre ces pièces d'or, **allez au 12**.

❖ Si vous voulez demander conseil à Jack, **allez au 23**.

❖ Si vous êtes trop méfiant, vous pouvez aller à une autre table en **retournant au 3**.

7

Il neige pendant presque toute la journée. Heureusement, le froid reste supportable, et les chiens vigoureux courent rapidement le long de la piste qui mène à Iluq. Jack s'est installé dans la capuche de votre manteau de fourrure et passe son temps à faire des commentaires sur votre façon de conduire un traîneau : « Tourne à gauche après le sapin », « Attention au bloc de glace ! », « Pas trop vite, la piste fait un coude ! »

La piste entre Nukulu et Iluq est vaste, et malgré la neige, elle est bien tracée. Vous ne risquez pas de vous perdre en chemin. En revanche, les terres du nord sont dangereuses. Il est possible que vous soyez attaqué par une créature durant votre voyage.

Lancez un « Jet de Chance ».

❖ Si vous réussissez, vous voyagez
  sans encombre jusqu'à Iluq.

❖ Si vous échouez, vous rencontrez
  une créature dangereuse du nord.
  À ce moment, lancez le dé selon
  la règle des *Monstres Aléatoires* et
  combattez la créature. Vous pouvez
  reprendre votre route si vous êtes
  vainqueur. **Allez au 10.**

8

Sur une enseigne de glace est gravé le nom
de l'auberge : Iluliaq. Cette auberge est littéralement bâtie à partir d'un immense bloc
de glace ! On dirait bien un immense igloo.
Quoique cette infrastructure soit des plus
fascinantes, vous constaterez qu'il y règne
un froid à vous geler le sang dans les veines.
C'est malheureusement la seule auberge
du village.

Sans tarder, vous aller réserver une
chambre à l'aubergiste. Celui-ci se nomme
Injuquaq. Les plis sur son visage laissent
entrevoir un homme de plus de 100 ans.

— Monsieur, vous semblez très âgé ! lance Jack avec la franchisse qu'on lui connaît.

— Chut, Jack !

— Non mais maître, cet homme va bientôt mourir. On pourrait faire un geste pour lui.

— Holà les amis ! J'ai seulement 35 ans.

— Mais c'est impossible, rétorque Jack, rebuté par cette idée.

Pendant que Jack s'obstine à démentir l'âge de l'aubergiste, vous êtes attiré par un regroupement au fond de la pièce. Vous avancez de quelques pas et apercevez en son centre un grand homme faisant rebondir des dés sur une grande table de glace.

❖ Si vous voulez vous joindre à ce regroupement, **allez au 13**.

❖ Sinon, vous pouvez simplement aller à votre chambre pour repartir reposé demain : **allez au 16**.

9

Au matin, Jack arrive à la course en prononçant des mots étranges.

— Maître, as-tu mis tes *kamik, injuquaq*?

— Que dis-tu, Jack?

— Avec ceci, je serai bientôt un citoyen du nord, dit-il.

Il tient entre ses mains un grand livre ouvert.

— Qu'est ce que c'est, Jack?

— Un dictionnaire des langues du Grand Nord. Je l'ai trouvé dans l'une des armoires de l'auberge. Maintenant, c'est le mien.

Jack saute sur le traîneau en prononçant d'autres mots bizarres.

Pour votre part, vous songez à lui demander de remettre ce bien à son propriétaire, mais l'idée que ce dictionnaire puisse l'occuper quelque temps ne vous déplaît guère.

Dorénavant, chaque fois que vous voudrez connaitre la signification d'un mot des langues du nord, vous pourrez demander à Jack. Référez-vous à l'Annexe 1 pour la traduction.

Vous réveillez les chiens, confortablement enfouis dans la neige, et les attachez à l'avant du traîneau. Puis vous quittez le village d'Iluq en direction du nord. D'après la carte, vous pouvez emprunter deux pistes. Celle de gauche mène à Aquutaq au nord-ouest. Celle de droite mène à Pitsiark au nord-est. Les deux villages sont à égale distance d'Iluq.

Alors que vous essayez de décider, vous entendez une voix féminine.

— *Où vas-tu ainsi, aventurier ?*

Avec un sursaut, vous arrêtez le traîneau et scrutez les champs enneigés. Il n'y a personne.

— Prends garde, dit nerveusement Jack. C'est la voix hypnotique d'une sirène, prête à t'entraîner dans les abysses !

— Il n'y a pas de sirènes dans le nord, Jack. Il n'y a pas d'eau.

— *Je ne suis pas une sirène*, dit la voix féminine.

Cette voix est étrange. Vous ne l'entendez pas avec les oreilles, mais directement dans votre tête. Et soudain, vous apercevez du mouvement dans la neige.

Vous tressaillez. Ce n'est pas une jeune femme qui apparaît.

C'est un chaton tout blanc aux grands yeux rouges.

Allez au 14.

10

Vous arrivez à Iluq en fin de journée. Le voyage s'est relativement bien déroulé, et vous avez franchi la première étape de votre périple. Puisque vous savez que vous n'avez pas le temps de vous rendre au prochain village avant la nuit, vous décidez d'arrêter à Iluq jusqu'à demain.

❖ Si vous voulez visiter la boutique du village, à condition qu'il vous reste de l'or, **allez au 181**.

❖ Si vous préférez aller immédiatement à l'auberge pour vous reposer, **allez au 8**.

11

Cette table est occupée par trois hommes qui sont occupés à parier sur un jeu compliqué. Vous pouvez vous joindre à eux, mais vous devez posséder des pièces d'or à miser. Attention : vous pouvez gagner gros si vous êtes chanceux, mais vous pouvez également perdre votre or! Pour jouer une partie, vous devez choisir une mise et la placer sur la table. Ensuite, vous devez lancer des dés et tirer des cartes selon des règles franchement trop bizarres pour être expliquées ici. Le résultat de la partie dépend finalement de la chance. Pour savoir si vous êtes chanceux, lancez deux fois le dé et consultez la table suivante.

Dés	Résultat de la partie
2	Vous gagnez 4 fois votre mise!
3	Désolé, vous avez perdu votre mise.
4	Vous récupérez votre mise + 5 pièces d'or.
5	Vous gagnez 2 fois votre mise!
6	Vous perdez la moitié de votre mise.
7	Partie nulle.
8	Vous perdez le double de votre mise.
9	Vous récupérez votre mise + 5 pièces d'or.
10	Vous gagnez 3 fois votre mise!
11	Désolé, vous avez perdu votre mise.
12	Vous récupérez votre mise + 50 pièces d'or!

Vous pouvez jouer autant de fois que vous le voulez, sauf si vous perdez toutes vos pièces d'or.

- ❖ Si vous obtenez les 100 pièces d'or dont vous avez besoin, **allez au 4**.

- ❖ Si vous voulez changer de table, **retournez au 3**.

12

Vous ramassez les pièces d'or sur la table. À ce moment, le sortilège du nécromancien entre en jeu. Vous vous sentez extrêmement faible, comme si votre vie était aspirée. Vous vous affaissez alors sur la table, tel un ivrogne. Le nécromancien se lève en ricanant et sort de l'auberge. Le joyau rouge à son cou brille maintenant d'une vive lumière : il a absorbé votre vitalité, et le vil sorcier pourra s'en servir dans ses expériences maléfiques. Par ailleurs, les pièces d'or que vous n'avez pas réussi à saisir assez vite ont disparu.

Jack vous jette un regard de désapprobation.

— Tant pis pour toi, dit-il.

Vous avez perdu *la moitié* de vos points de Vie. En échange, vous avez gagné une poignée de pièces d'or. Lancez cinq fois le dé pour en connaître le nombre.

❖ Si vous avez maintenant les 100 pièces d'or dont vous avez besoin, **allez au 4**.

❖ Sinon, **revenez au 3** et visitez une autre table.

13

D'après ce que vous avez compris, ce jeu s'intitule « *Tentez votre chance* » et sa popularité est visible. Les règlements sont les suivants :

Vous devez d'abord miser un montant de votre choix. Choisissez ensuite un chiffre de 1 à 6 et inscrivez-le sur un bout de papier. Ensuite, trois dés sont lancés par le croupier (veuillez lancer trois fois le dé). Si votre chiffre se retrouve *une fois* parmi les 3 dés, vous reprenez votre mise et gagnez en plus le montant de votre mise. Si votre chiffre se retrouve *deux fois* parmi les 3 dés, vous reprenez votre mise et gagnez deux fois le montant de votre mise. Si votre chiffre sort *trois fois*, vous reprenez votre mise et gagnez dix fois le montant de votre mise. Mais attention : si votre chiffre ne se trouve pas parmi les 3 dés du croupier, vous perdez votre mise !

Vous pouvez jouer le nombre de fois désiré. Ensuite, allez vite vous coucher, car la nuit risque d'être courte. Pour cela, **allez au 16**.

14

Le chaton marche vers vous dans la neige. Ses yeux, aussi rouges que des rubis, sont fixés sur vous. Vous entendez alors la voix de la jeune femme dans votre esprit.

— *Je me répète, mais où vas-tu, aventurier ?*

— C'est … C'est toi qui parle dans ma tête ?

— *Bien sûr.*

— Mais tu es un chat.

— *Je suis une chatte*, dit-elle, offusquée.

— Les chats ne parlent pas.

— *Les grenouilles non plus*, dit-elle en regardant posément Jack.

— Hé, au moins, moi je parle comme tout le monde ! proteste Jack.

— Elle est télépathe, expliquez-vous. Cela veut dire qu'elle parle avec la pensée. Je ne savais pas qu'il existait des chats télépathes dans le nord.

— *Je suis la seule*, dit la chatte blanche. *Je m'appelle Belle.*

— Hmpf, dit Jack. Prétentieuse.

— *Jaloux.*

— Q-Quoi ? M-Moi, jaloux ? Attends un peu, tas de poils…

— Holà, dites-vous en attrapant Jack, qui allait bondir sur Belle. Pas de violence, les petits amis. Belle, si tu lis dans les pensées, tu dois être au courant de toutes sortes de choses. As-tu vu passer un elfe noir récemment ? Il s'appelle Deltamo. Ou une jeune elfe nommée Nieille ?

— *Connais pas.*

Vous êtes déçu. Vous espériez que la petite créature ait aperçu votre ennemi, ou votre amie. Toutefois, Belle a quand même des informations pour vous.

— *Récemment, au nord d'ici, au-delà du village de Hey, un démon est apparu. Je suppose que tu es venu pour la récompense ?*

— Quelle récompense ?

— *Celle que les villageois de Hey ont promise à celui qui les débarrasserait du démon.*

— Je suis ici pour sauver mon amie Nieille, dites-vous. Pas pour tuer un démon.

À ce moment, Jack saute sur votre tête.

— Attends un peu. Tu ne trouves pas cela suspect ? Un démon apparaît dans le nord, comme par hasard ? Je te parie 20 pièces d'or que c'est Deltamo qui l'a invoqué !

— Tu n'as pas 20 pièces d'or, Jack. Mais tu as peut-être raison.

Vous vous penchez vers la petite chatte blanche.

— Belle, peux-tu nous guider jusque-là ?

— Tu emmènes la boule de poils ? proteste Jack.

— J'emmène bien déjà une grenouille.

— Je suis un *chevalier*, insiste Jack.

La chatte aux yeux rouges saute agilement sur le traîneau. À ce moment, vous remarquez un tremblement nerveux parmi les chiens. Vous riez intérieurement. Les gros toutous auraient-ils peur de la petite boule de poils télépathe ?

— Ne sois pas jaloux, Jack. Il y a de la place pour tout le monde.

— Hmpf. J'aime pas les chats.

Pendant que Jack s'enfouit dans le capuchon de votre manteau, vous consultez la carte.

❖ Si vous allez au nord-ouest en direction d'Aquutaq, **allez au 21**.

❖ Si vous allez au nord-est en direction de Pitsiark, **allez au 25**.

15

Ce plan vous semble un peu farfelu, mais vous vous dites qu'un vieil ami l'a déjà effectué. Ce que vous n'avez pas dit à Jack, c'est qu'il n'avait pas très bien fonctionné...

Ce plan comporte deux phases. En premier lieu, Jack doit aller verser du poison dans les trois barils près de la petite tente brune. Ensuite, Jack doit s'assurer que la fille du maire ne boive pas cette eau. À cet effet, vous lui avez préparé un mémo. Il s'agit tout simplement d'aller le livrer à la jeune dame.

— Tu as bien compris le plan, Jack ?

— Oui, maître ! Jack, le chevalier, est maintenant prêt à l'action !

Pour réussir la première étape, vous devez lancer un « Jet d'Habileté » pour Jack. Jack a 4 points d'Habileté. S'il réussit, **allez directement au 19**. Sinon, Jack a bien réussi à mettre le poison dans les tonneaux, mais il s'est fait remarquer. Et maintenant, il accourt vers vous avec deux barbares à ses trousses ! Le combat est imminent.

Barbares des neiges

Caractéristiques		
Attaque		**Vie**
14		35
Trésor		
Aucun		

Arme	Dégât
Épieux	6

Si vous avez vaincu ces redoutables barbares, **allez maintenant au 19.** Heureusement que ces brutes n'ont pas alerté leurs confrères !

16

Avez-vous été prévoyant ? Les auberges des villages du nord ne sont pas gratuites ! S'il vous reste 2 pièces d'or pour une nuit à l'auberge (ou si vous donnez un objet qui vaut au moins 2 pièces d'or), vous pouvez dormir dans un lit et récupérer 5 points de Vie. Si vous n'avez plus d'argent, et rien d'autre à donner, vous allez devoir dormir dehors dans votre tente , et alors, vous ne récupérerez pas de points de Vie. Heureusement, vous avez des vivres dans le traîneau, alors vous pourrez au moins vous remplir l'estomac.

Le lendemain matin, vous vous levez à l'aube et reprenez votre mission.

Allez au 9.

17

Vous quittez le village d'Aquutaq en direction du nord-ouest. Jack vous accompagne, caché dans le capuchon de votre manteau de fourrure. Belle vous suit à la trace, à peine visible dans la neige. Seuls ses yeux rouges vous permettent de la localiser.

La chatte des neiges, insensible au froid, n'hésite pas à explorer les alentours. Elle est également habile dans l'art du pistage. Elle découvre rapidement les traces laissées par le Yéti lors de son dernier passage : la piste se dirige vers une sorte de fissure verticale dans une haute muraille de glace. En vous approchant, vous découvrez un défilé enneigé.

Le nombre de traces dans la neige prouve que le Yéti entre et sort souvent de ce défilé. Sa cachette doit être à l'intérieur.

❖ Si vous voulez entrer dans le défilé, **allez au 27**.

❖ Si vous voulez rester à l'extérieur et hurler pour attirer l'attention du Yéti, afin qu'il sorte, **allez au 37**.

❖ Si vous voulez envoyer Jack et Belle à l'intérieur afin qu'ils localisent le Yéti sans se faire voir, **allez au 87**.

18

L'avalanche déferle sur le traîneau et le renverse. Vous êtes englouti et étouffé sous la neige. Dans quelques milliers d'années, des archéologues trouveront peut-être votre corps préservé dans la glace. En attendant, votre aventure se termine ici !

19

Tel que le stipule votre ingénieux plan, Jack repart maintenant pour la phase 2. Il s'aventure difficilement dans la neige à pas de grenouille — ce qui, disons-le, n'est pas des plus gracieux. Ce faisant, votre cher Jack se met en route vers la tente où devrait se trouver la jeune fille. Pour réussir cette deuxième étape, vous devez lancer un « Jet de Chance » pour Jack. Jack a 3 points de Chance.

❖ S'il réussit, **allez au 62**.

❖ Sinon, **allez au 79**.

20

Vous arrivez à Aquutaq en soirée. Au lieu de vous remettre en route pour le prochain village, vous décidez de vous reposer ici cette nuit.

- ❖ Si vous voulez visiter la boutique du village, **allez au 182**.

- ❖ Si vous voulez entrer dans la taverne, **allez au 24**.

- ❖ Si vous préférez aller tout de suite à l'auberge pour la nuit, **allez au 32**.

21

La piste qui relie Iluq à Aquutaq est bien tracée dans les vastes étendues enneigées. Vous la suivez pendant la moitié de la journée sans difficulté. Toutefois, vers midi, vous arrivez dans une région dangereuse où la piste longe une crevasse profonde. À cet endroit, vous devez diriger le traîneau avec adresse, car sinon, vous pourriez tomber dans la faille et vous écraser au fond.

— Fais attention, dit Jack. La piste est crevassée aussi.

Vous avez remarqué le danger. Vous essayez maintenant de franchir le tronçon fissuré de la piste sans provoquer un effondrement de terrain qui vous jetterait dans le vide.

Lancez un « Jet d'Habileté ».

❖ Si vous réussissez, **allez au 31**.

❖ Si vous échouez, **allez au 41**.

22

À cette table est assis un homme prétentieux qui dit pouvoir battre un ours polaire à mains nues. Vous l'entendez se vanter de sa force depuis que vous êtes entré dans l'auberge. Lorsque vous vous approchez de la table, il vous voit et décide de vous lancer un défi pour montrer que personne ne peut le battre. Il prétend que vous n'avez aucune chance, et pour le prouver, il dit qu'il vous donnera 50 pièces d'or si vous arrivez à le mettre à terre dans une bataille aux poings.

❖ Si vous acceptez ce défi, **allez au 5** ; mais attention, cet homme a réellement de gros muscles !

❖ Si vous refusez de vous battre contre cette brute, **retournez au 3** pour choisir une autre table.

23

— Maître, je n'aime pas cet homme. Il cache ses yeux sous son capuchon, il parle drôlement, et en plus il ne sent pas très bon. Ce n'est pas bon signe. Quelque chose me dit que ses pièces sont ensorcelées avec une magie maléfique ! Si tu touches à cet or, tu le regretteras !

Allez-vous suivre le conseil de Jack ou l'ignorer ?

❖ Si vous voulez prendre les pièces d'or du nécromancien, **allez au 12**.

❖ Si vous préférez changer de table, **retournez au 3**.

24

Les lumières de la taverne — des lanternes à l'huile — sont toujours allumées, ce qui prouve qu'il y a des gens à l'intérieur. Lorsque vous entrez, vous remarquez un groupe d'hommes, tous rassemblés autour d'une table. Ils tiennent une discussion animée dans laquelle il est question d'un « abominable homme des neiges ». En les écoutant parler, vous croyez comprendre que le village est menacé par un puissant Yéti qui a déjà attaqué les villageois plusieurs fois.

— Heureusement que nous sommes ici ! déclare Jack.

— Attends un peu avant de *me* porter « volontaire », rétorquez-vous. Voyons d'abord à quelle sorte d'ennemi ils ont affaire.

Les villageois, alertés par le commentaire de Jack, vous portent maintenant attention.

— Vous êtes un aventurier ?

— Bien entendu ! répond Jack.

— C'est à *moi* qu'ils parlent, dites-vous.

Un homme aux traits asiatiques, qui porte les fourrures traditionnelles d'un chef de village, avance à votre rencontre.

— Le Yéti fait des ravages depuis plus d'une semaine. Nous n'osons plus sortir de notre village. Aventurier, si vous avez le courage de nous débarrasser de ce Yéti, nous vous offrirons une précieuse récompense.

❖ Si vous acceptez cette mission, **allez au 36**.

❖ Si vous refusez, **allez au 46**.

25

La piste qui relie Iluq à Pitsiark est plutôt mal tracée dans les vastes étendues enneigées, mais vous arrivez à la suivre sans vous égarer. Vous voyagez pendant la moitié de la journée sans difficulté. Toutefois, vers midi, vous arrivez dans une région dangereuse où la piste suit la base d'une haute colline couverte de neige instable.

— Je n'aime pas ça, dit Jack. Nous allons déclencher une avalanche.

— Tu as raison, soyons prudents.

Vous faites ralentir les chiens, et donc le traîneau, et progressez de façon lente et prudente à la base de la petite montagne. Parfois, un craquement sourd, très inquiétant, se fait entendre dans les profondeurs de la glace. Toute cette masse de neige est prête à s'effondrer à la moindre vibration !

Lancez un « Jet de Chance ».

❖ Si vous réussissez, **allez au 35**.

❖ Si vous échouez, **allez au 45**.

26

Vous vous mettez en route pour Kamik, toujours guidé par Belle et accompagné par Jack. Vous demandez à la chatte des neiges si vous êtes encore loin du territoire du démon. La petite créature vous dit qu'il vous reste à peu près deux jours de voyage.

— Deux jours avant d'affronter Deltamo, dites-vous.

— Il n'a qu'à bien se tenir ! déclare Jack.

De votre côté, vous espérez que Nieille soit encore vivante.

En milieu de journée, vous découvrez un spectacle imprévu : une vaste forêt de sapins, d'un vert très foncé, recouvre le paysage. La piste traverse cette forêt de sapins.

— *Il faut faire attention*, dit Belle. *Cette forêt sert souvent de refuge aux barbares des neiges. Nous risquons d'être attaqués si nous entrons dans la forêt.*

❖ Si vous voulez traverser la forêt malgré l'avertissement de la chatte des neiges, **allez au 73**.

❖ Si vous préférez faire un détour pour ne pas y entrer, **allez au 83**.

27

Vous pénétrez prudemment dans l'espace entre les deux hautes falaises. Vous gardez votre arme à la main, prêt à affronter le Yéti s'il vous attaque par surprise.

Tout à coup, un bloc de glace vient s'écraser à vos pieds !

Vous levez la tête et apercevez, avec un sursaut, la forme colossale de la créature, debout sur une corniche au-dessus de votre tête. Elle tient un deuxième bloc de glace et s'apprête à vous le lancer également. Vous devez esquiver ce projectile !

Lancez un « Jet d'Habileté ». Si vous réussissez, le bloc de glace se fracasse à côté de vous. Si vous échouez, le bloc vous frappe à l'épaule et vous perdez 5 points de Vie.

Avec un grognement, le Yéti se penche pour soulever un autre bloc de glace.

- ❖ Si vous pouvez l'atteindre à distance (avec un sortilège ou une flèche), **allez au 47**.

- ❖ Sinon, **allez au 57**.

28

Félicitations ! Vous avez réussi à distancer l'avalanche sans être englouti par la neige ! Vous êtes maintenant hors de danger, mais la prochaine fois, il faudra que vous fassiez attention lorsque vous vous approcherez du flanc d'une montagne dans le nord.

— Ouf ! dit Jack. C'était trop proche à mon goût !

Belle est moins nerveuse. Puisqu'elle vit dans le nord, elle doit être habituée à voir des avalanches. Tout de même, cette fois-ci, elle aurait pu finir enterrée sous des tonnes de neige.

Puisque vous n'êtes plus en danger, vous décidez de vous remettre en route immédiatement vers Pitsiark. Lancez un « Jet de Chance ».

❖ Si vous réussissez, vous arrivez à destination sans problème ; **allez au 30**.

❖ Si vous échouez, votre voyage est interrompu par l'attaque d'une créature du nord. Lancez le dé selon la règle des *Monstres Aléatoires* et combattez la créature. Si vous sortez vainqueur du combat, vous pourrez continuer votre voyage jusqu'à Pitsiark. **Allez au 30**.

29

Vous vous mettez en route pour Qannik, toujours guidé par Belle et accompagné par

Jack. Vous demandez à la chatte des neiges si vous êtes encore loin du territoire du démon. La petite créature vous dit qu'il vous reste à peu près deux jours de voyage.

— Deux jours avant d'affronter Deltamo, dites-vous.

— Il n'a qu'à bien se tenir ! déclare Jack.

De votre côté, vous espérez que Nieille soit encore vivante.

En milieu de journée, vous remarquez que la piste entre dans un défilé entre deux grandes falaises de glace. Puisque vous n'avez pas le choix, vous vous engagez prudemment dans la faille gigantesque, dont les hautes parois scintillent dans la lumière réfléchie du soleil.

— Ne parlons pas trop fort, chuchote Jack.

— *Pas de souci*, dit Belle. *Le son ne provoque pas de chutes de neige. C'est un mythe.*

— Peut-être pas le son, mais eux ?

Vous désignez le haut des falaises. Une dizaine de créatures, semblables à des singes blancs, s'agitent là-haut en poussant des cris excités. Vous commencez alors à recevoir des morceaux de glace sur la tête.

— Mais … ils nous bombardent ! proteste Jack. Attends un peu …

Jack a beau être en colère, il ne peut rien faire contre les singes. Mais vous ?

❖ Si vous pouvez leur jeter un sortilège pour leur faire peur, **allez au 82**.

❖ Si vous ne pouvez pas le faire, ou ne voulez pas le faire, **allez au 88**.

30

Vous arrivez à Pitsiark en soirée. Au lieu de vous mettre immédiatement en route pour le prochain village, vous décidez de vous reposer ici cette nuit.

— Tiens, dit Jack. Qu'est-ce qui se passe là-bas ?

Jack a remarqué un attroupement devant l'une des maisons du village. Une dizaine de personnes sont rassemblées là et discutent avec animation. Vous êtes trop loin pour entendre leurs paroles, mais cela paraît avoir de l'importance.

❖ Si vous voulez vous mêler au groupe de gens, **allez au 34**.

❖ Si vous aimez mieux visiter la boutique du village, **allez au 183**.

❖ Si vous préférez vous rendre tout de suite à l'auberge pour la nuit, **allez au 49**.

31

Vous arrivez à diriger les chiens et le traîneau à travers la zone dangereuse sans provoquer de catastrophe. Ensuite, à votre grand soulagement, la piste enneigée s'éloigne de la crevasse profonde. Vous n'êtes plus en danger de tomber dans le vide. Il ne vous reste plus qu'à couvrir la distance qui vous sépare encore d'Aqutaq.

Lancez un « Jet de Chance ».

❖ Si vous réussissez, vous arrivez à destination sans problème. **Allez au 20**.

❖ Si vous échouez, votre voyage est interrompu par l'attaque d'une créature du nord. Lancez le dé selon la règle des *Monstres Aléatoires* et combattez la créature. Si vous sortez vainqueur du combat, vous pouvez reprendre votre route jusqu'à Aquutaq. **Allez au 20**.

32

Cette auberge se nomme Kanosak. Cette auberge est loin d'être conventionnelle. Ce lieu a été littéralement transformé en place de jeu. Toute la surface dédiée à la restauration est maintenant occupée par des tables à cartes. On dirait plutôt un casino clandestin qu'une auberge.

Vous êtes accueilli par un petit homme à la barbichette blanche nommé Itigiaq. Son sourire malicieux vous laisse perplexe en ce qui concerne ses intentions.

Jack surveille l'aubergiste et ne lui fait pas confiance.

❖ Si vous désirez vous joindre au jeu, **allez au 53.**

❖ Sinon, vous pouvez simplement réserver une chambre; **allez au 59**.

33

Un vieil homme à barbichette est assis seul à cette table. Il vous dit qu'il est un collectionneur d'armes magiques et qu'il est venu dans le nord pour se procurer une dague sacrée en ivoire de mammouth, ou peut-être une épée en os, ensorcelée par un shaman local. Vous ne pouvez évidemment pas lui vendre de telles armes, mais le vieil homme se montre prêt à acheter n'importe quelle arme magique en votre possession. Il est prêt à vous donner :

Sorte d'arme	Valeur
Arme topaze	10 pièces d'or
Arme rubis	20 pièces d'or
Arme saphir	40 pièces d'or
Arme améthyste	80 pièces d'or

❖ Si vous voulez vendre une de vos armes, ajoutez les pièces d'or obtenues dans votre bourse.

❖ Si vous avez maintenant les 100 pièces d'or dont vous avez besoin, **allez au 4**.

❖ Si vous voulez vous approcher d'une autre table, **retournez au 3**.

34

Vous vous approchez du groupe de villageois. Ils sont rassemblés devant un beau bâtiment pourvu d'un grand écriteau qui proclame en lettres dorées : « Mairie de Pitsiark ».

Belle vous parle par télépathie.

— *Les gens de Pitsiark admirent la beauté*, explique-t-elle. *C'est d'ailleurs un problème avec eux. Ils n'aiment rien si ce n'est pas beau.*

— Tu connais ce village ?

— *Bien sûr. Ce sont les gens d'ici qui m'ont donné mon nom !*

En écoutant les gens parler, vous commencez à comprendre pourquoi Belle trouve qu'ils ont une obsession avec la beauté. Apparemment, la fille du maire, Anouk, a été kidnappée hier par un groupe de barbares des neiges, et les villageois sont en colère. Mais pas parce que la jeune fille est en danger de mort. Cela, ils semblent s'en moquer. Ils sont furieux parce que les barbares ont enlevé la plus belle fille du village !

— N'ayez crainte ! proclame Jack. Nous sauverons…

Vous lui plaquez une main sur la bouche.

— Attends un peu avant de *me* porter « volontaire » !

❖ Si vous voulez en savoir plus sur la disparition d'Anouk, **allez au 38**.

❖ Si vous aimez mieux visiter la boutique du village, **allez au 183**.

❖ Si vous préférez vous rendre tout de suite à l'auberge pour la nuit, **allez au 49**.

35

En faisant attention à tous vos mouvements, vous arrivez à franchir la zone dangereuse sans provoquer de catastrophe. Ensuite, à votre grand soulagement, la piste enneigée s'éloigne de la base de la montagne. Vous n'êtes plus en danger de provoquer une avalanche. À présent, il ne vous reste plus qu'à couvrir la distance qui vous sépare encore de Pitsiark.

Lancez un « Jet de Chance ».

❖ Si vous réussissez, vous arrivez à destination sans problème. **Allez au 30.**

❖ Si vous échouez, votre voyage est interrompu par l'attaque d'une créature du nord. Lancez le dé selon la règle des *Monstres Aléatoires* et combattez la créature. Si vous sortez vainqueur du combat, vous pouvez reprendre votre route jusqu'à Pitsiark. **Allez au 30.**

36

Les villageois sont heureux d'apprendre que vous acceptez de les aider. Ils vous expliquent que le Yéti, lorsqu'il attaque, vient toujours du nord-ouest. Son territoire doit être situé dans cette direction. Les villageois vous expliquent aussi qu'ils n'ont jamais eu de problèmes avec un Yéti auparavant, car ces créatures vivent normalement beaucoup plus loin au nord.

D'habitude, on les voit si rarement qu'ils appartiennent presque aux légendes.

Toutefois, des rumeurs veulent qu'un sorcier maléfique, avec un nom comme « Doltema », cause maintenant des problèmes au nord.

— Deltamo doit avoir chassé le Yéti de son territoire d'origine, concluez-vous.

Jack se gratte le menton.

— Je me demande ce que ça prend pour faire peur à un Yéti !

— Un démon, peut-être…

— Ne me dis pas que tu crois ce que la boule de poils nous a dit !

— On ne sait jamais, avec Deltamo.

Vous rassemblez ensuite vos armes et vos potions, prêt à partir à la chasse au Yéti.

❖ Si vous le désirez, vous pouvez passer par la boutique du village : **allez au 182**.

❖ Lorsque vous serez prêt à commencer la mission, **allez au 17**.

37

Vous poussez des cris pour énerver le Yéti et le faire sortir de son repaire. Jack se joint joyeusement à vous, mais Belle reste tranquille : elle ne peut pas « crier » télépathiquement.

Tout à coup, un hurlement sauvage se fait entendre dans le défilé.

— Le voilà ! lance Jack.

Une grosse masse de fourrure blanche, pourvue de crocs et de griffes, jaillit rageusement de la faille. Le Yéti transporte un gros bloc de glace, et dès qu'il voit les crétins qui crient comme des imbéciles dans la neige, il vous lance son projectile !

Lancez un « Jet d'Habileté ». Si vous réussissez, vous évitez agilement le bloc de glace. Si vous échouez, vous êtes frappé à l'épaule et vous perdez 5 points de Vie.

Le Yéti va maintenant vous attaquer. **Allez au 114** pour le combattre.

38

En écoutant les paroles des villageois, vous apprenez que le camp des barbares n'est pas éloigné du village. Apparemment, les barbares attendent que les gens de Pitsiark paient la rançon pour récupérer la fille du maire.

— Tu vois, dit Jack. Nous pourrions aller sauver cette fille.

Vous êtes venu dans le nord pour sauver Nieille, non Anouk, mais rien ne vous empêche de sauver plus d'une personne dans la même aventure.

❖ Si vous désirez vous rendre au camp des barbares pour sauver la fille du maire, **allez au 42**.

❖ Si vous aimez mieux visiter la boutique du village, **allez au 183**.

❖ Si vous préférez vous rendre tout de suite à l'auberge pour la nuit, **allez au 49**.

39

Vous vous mettez en route pour Annakpok, toujours guidé par Belle et accompagné de Jack. Vous demandez à la chatte des neiges si vous êtes encore loin du territoire du démon. La petite créature vous dit qu'il vous reste à peu près deux jours de voyage.

— Deux jours avant d'affronter Deltamo, dites-vous.

— Il n'a qu'à bien se tenir ! déclare Jack.

De votre côté, vous espérez que Nieille soit encore vivante.

En milieu de journée, vous remarquez des nuages noirs qui s'accumulent à l'horizon. Vous allez bientôt subir une tempête.

❖ Si vous voulez vous arrêter à l'abri de quelques rochers et attendre que la tempête passe, **allez au 69**.

❖ Si vous préférez continuer votre route dans le blizzard, **allez au 109**.

40

Le voyage vers Kamik est plus long que prévu : vous n'arrivez pas au village avant la tombée de la nuit. En raison du froid, vous subissez 2 points de Gel. Il est trop tard pour vous amuser à explorer le village, mais la boutique n'est pas encore fermée.

❖ Si vous désirez visiter la boutique de Kamik, **allez au 184**.

❖ Si vous préférez aller tout de suite à l'auberge et vous reposer en prévision de la journée de demain, **allez au 92**.

41

Par malheur, vous faites une erreur en dirigeant le traîneau. L'un des patins heurte une fissure dans la glace et provoque un craquement sous le traîneau. Tout à coup, vous êtes entraîné sur le côté. Le traîneau s'est mis à pencher et risque de tomber dans la crevasse ! Lancez un « Jet de Chance ».

❖ Si vous réussissez, **allez au 52**.

❖ Si vous échouez, **allez au 58**.

42

Vous annoncez aux villageois que vous irez sauver Anouk. Aussitôt, ils vous promettent une récompense si vous réussissez. Ils vous indiquent que le camp des barbares est à l'est du village, de l'autre côté d'un groupe de collines enneigées.

Vous profitez des dernières heures du jour pour vous mettre en route. Pour aller plus vite, vous prenez le traîneau. À l'approche du camp des barbares, vous débarquez et couvrez la distance restante à pied. Évidemment, Jack s'est dissimulé dans votre capuchon. Belle est restée au village ; elle n'aime pas les barbares, qu'elle considère laids et incultes.

Le camp des barbares est formé de quatre tentes en fourrure, recouvertes de neige. Plusieurs barbares armés d'épieux et d'épées montent la garde autour des tentes. Vous vous installez confortablement à l'abri des regards et pendant la prochaine heure, vous observez minutieusement les lieux afin d'évaluer leur nombre et leurs activités.

En raison du froid, vous subissez 4 points de Gel.

Vous arrivez à la conclusion qu'il y a approximativement douze barbares et que

la fille du maire se trouve dans la grosse
tente du fond.

— Que suggères-tu Jack ?

— Euh ! On fonce…

— Quoi ! On fonce tout droit sur
12 guerriers ?

— Ouais, tu as raison, maître… Vous
foncez tout seul, moi je surveille.

— J'ai une meilleure idée. Lors d'une
expédition, un ami m'a raconté qu'il avait
vécu une situation semblable.

— Et qu'avait-il fait, maître ?

— Il les avait empoisonnés.

— Les empoisonner ! Oui, c'est une très
bonne idée. J'allais vous la proposer. Mais
comment faisons-nous cela ?

— Il s'agit de verser quelques gouttes
de poison dans leur réserve d'eau et
d'attendre. Après leur premier repas, nous
aurons le champ libre.

— Mais la fille, maître ?

— Tu as tout à fait raison, Jack. Il faut
s'assurer que la demoiselle ne boive pas
d'eau. Et c'est là que toi, le chevalier sans
peur, tu interviendras.

— Ah… OK.

❖ Si vous n'avez pas de fiole de poison dans votre inventaire, vous devez vous en procurer une à la boutique du village. **Allez au 183** et revenez ici.

❖ Si vous êtes prêt pour ce plan fou, **allez au 15.**

❖ Si vous préférez tout laisser tomber et aller tout de suite à l'auberge et vous reposer en prévision de la journée de demain, **allez au 49.**

43

La piste est vraiment mal tracée dans cette région du nord, mais grâce à Belle, vous ne risquez pas de vous perdre dans les immensités glacées. La chatte des neiges vous guide directement vers Qannik, le prochain village, sans risque de se tromper.

Lancez un « Jet de Chance ».

❖ Si vous réussissez, vous arrivez à destination sans problème. **Allez au 50**.

❖ Si vous échouez, votre voyage est interrompu par l'attaque d'une créature du nord. Lancez le dé selon la règle des *Monstres Aléatoires* et combattez la créature. Si vous sortez vainqueur du combat, vous pouvez reprendre votre route jusqu'à Qannik. **Allez au 50**.

44

Vous vous approchez de la table avec prudence. Elle est occupée par un homme seul, enveloppé dans une longue toge noire à capuchon. Autour du cou, il porte un pendentif en rubis qui ressemble à une goutte de sang. Vous ne faites pas confiance à cet homme, car son allure est celle d'un pratiquant de sinistres sorcelleries : un nécromancien.

❖ Si vous voulez vous asseoir à cette table quand même, **allez au 6**.

❖ Si vous préférez aller ailleurs, **retournez au 3** et choisissez une autre table.

45

Vous faites preuve d'une grande prudence en dirigeant le traîneau à la base de la colline, mais cela ne suffit pas à empêcher le drame. Avec un grondement cataclysmique, une énorme masse de neige se détache du flanc de la petite montagne et déferle sur vous !

— Avalanche ! s'écrie Jack. *Fonce, fonce, fonce !*

Vous faites claquer le fouet pour obliger les chiens à courir le plus vite possible. Derrière vous, des tonnes de neige et de glace dégringolent à votre poursuite.

Votre survie dépendra d'une course entre votre traîneau et l'avalanche. Vous commencez avec une avance de deux dés. Lancez deux fois le dé immédiatement et notez le total. Lancez ensuite le dé pour la distance franchie par l'avalanche.

❖ Si le score de l'avalanche est supérieur au vôtre, vous êtes rattrapé par la neige : **allez au 18**.

❖ Si vous n'êtes pas rattrapé, lancez à nouveau le dé et ajoutez-le à votre avance. Lancez ensuite encore le dé et additionnez-le aux points de l'avalanche.

❖ Si vous finissez par être rattrapé par l'avalanche, **allez au 18**.

❖ Si vous arrivez à 25 points ou plus sans être rattrapé, **allez au 28**.

46

— Désolé, dites-vous. Je ne suis pas venu dans le nord pour faire la chasse au Yéti. Je recherche une amie qu'un sorcier maléfique a kidnappée. Elle s'appelle Nieille.

— Je ne connais pas cette Nieille, dit le maire d'Aquutaq. Mais des rumeurs rapportent la présence d'un sorcier maléfique plus loin au nord. Il s'appellerait Dol… Deltoma.

— Deltamo. C'est lui.

Les villageois ne savent rien de plus. Puisque vous avez choisi de ne pas vous battre contre leur Yéti, ils ne vous aideront pas davantage.

❖ Si vous voulez maintenant visiter la boutique du village, **allez au 182**.

❖ Si vous préférez vous rendre à l'auberge pour la nuit, **allez au 32**.

47

Vous blessez le Yéti et il lâche son bloc de glace. Maintenant furieux, il bondit de sa corniche et atterrit dans la neige en face de vous. La créature veut vous dévorer sur place ! Vous devez maintenant l'affronter en combat mortel. N'oubliez pas de réduire ses points de Vie en fonction de l'attaque que vous venez de lancer.

À vous de jouer !

Yéti

Caractéristiques	
Attaque	Vie
15	48
Trésor	
Aucun	

Arme	Dégât
Poings géants	5
Griffes aiguisées	7

Chaque fois que le Yéti vous touche, lancez le dé.

- ❖ Si vous obtenez 1, 2 ou 3, le Yéti vous blesse avec ses griffes.

- ❖ Si vous obtenez 4, 5 ou 6, le Yéti vous frappe avec ses poings.

- ❖ Si vous êtes vainqueur, **allez au 67**.

48

De l'extérieur, ce bâtiment est entièrement bleu ciel. Sur une pancarte rouge vin est inscrit le nom de l'auberge : Ublureak. Il est évident que cette auberge est gérée par un admirateur des astres. Tous les murs sont décorés d'étoiles et de comètes. Le sol est bleuté, éclairé par une lumière tamisée, et une musique d'ambiance paradisiaque vous projette littéralement sur une autre planète.

Vous êtes accueilli par un homme grand et mince, vêtu d'une magnifique robe bleutée. Après plusieurs minutes de discussion intéressante avec lui, vous apprenez qu'il se nomme Raven et qu'il est un mage chevronné. Raven vous explique quelques concepts importants à savoir sur la vie et son origine. L'aubergiste possède quelques dons particuliers avec les cartes du destin. Il vous fera une démonstration de ses pouvoirs avec joie si vous le lui demandez.

Jack, de son côté, s'amuse à identifier toutes les planètes sur les murs. S'il continue, il deviendra rapidement le chouchou de l'aubergiste.

❖ Si vous voulez jouer aux cartes du destin avec l'aubergiste, **allez au 68.**

❖ Sinon, vous pouvez simplement prendre une chambre et aller vous reposer ; **allez au 78.**

49

Cette auberge porte le nom de Nigag. Elle est exceptionnellement jolie. Le plancher est recouvert d'un tapis coloré et les murs enjolivés de tableaux floraux. On dirait bien un lieu royal. Même l'ambiance est agrémentée d'une musique douce.

Dès votre entrée, vous êtes accueilli par une dame d'une rare beauté. C'est bien l'aubergiste.

— Qu'elle est jolie, la dame ! lance Jack. Dis, maître ! Cette dame pourrait être ton épouse ?

Vous voilà tout rouge maintenant.

— Je me nomme Nutaralak et cette demeure est la vôtre, jeunes aventuriers, dit-elle d'une voix douce. Et j'adore votre apparence colorée, ajoute-t-elle.

Vous la remerciez de ce compliment.

— Désolée, mais je m'adresse à cette petite grenouille.

— Cette petite grenouille s'appelle Jack et il est à votre service, dit Jack, encore en amour.

Au cours de la soirée, une animatrice vient présenter un concours de chant. Les participants sont invités à monter sur scène pour interpréter une chanson. Une bourse de 25 pièces d'or sera remise à la meilleure prestation.

Vous ne croyez pas avoir une voix de rêve, mais selon vous, elle n'est pas du tout désagréable.

❖ Si vous voulez tenter votre chance, **allez au 89**.

❖ Sinon, vous pouvez simplement monter à votre chambre ; **allez au 99**.

50

Le voyage vers Qannik est plus long que prévu : vous n'arrivez pas au village avant la tombée de la nuit. En raison du froid, vous subissez 2 points de Gel. Il est trop tard pour vous amuser à explorer le village, mais la boutique n'est pas encore fermée.

❖ Si vous désirez visiter la boutique de Qannik, **allez au 185**.

❖ Si vous préférez vous rendre tout de suite à l'auberge et vous reposer en prévision de la journée de demain, **allez au 54**.

51

Vous atteignez enfin l'extrémité du défilé et jaillissez en plein soleil. Derrière vous, les singes au sommet des falaises ont cessé de lancer des projectiles. Ils ne peuvent plus vous toucher, alors le jeu est terminé jusqu'au passage du prochain voyageur.

— Sales bêtes, dit Jack. Je vais monter là-haut et leur apprendre une leçon.

— Tu sais bien qu'ils seront tous partis avant que tu ne grimpes là-haut ! Nous avons mieux à faire. Rendons-nous à Qannik avant la nuit.

— Ouais, tu as raison, dit Jack en maugréant.

— *C'est toujours comme cela*, dit Belle. *Chaque fois que quelqu'un passe par ici, ces singes-là s'amusent à lui jeter des projectiles.*

— Tu aurais pu nous le dire !

— *Il fallait passer par ici de toute façon*, affirme la chatte sans honte.

Cette fois, c'est vous qui répondez «Ouais, tu as raison» en maugréant. Vous vous remettez ensuite en route vers Qannik. **Allez au 43**.

52

Vous êtes chanceux : le traîneau s'immobilise juste sur le bord du ravin. Avec beaucoup de prudence, vous faites avancer les chiens, jusqu'à ce que le traîneau se soit éloigné de la crevasse. Vous remarquez alors que vous laissez une trace irrégulière dans la neige derrière vous. L'un des patins doit être cassé.

Vous débarquez du traîneau et constatez les dégâts. Heureusement, le patin n'est pas complètement cassé. L'avarie se répare assez bien, mais vous devez travailler pendant une bonne vingtaine de minutes pour y arriver.

Dans le froid mordant des terres de Telka, cela finit par vous coûter 1 dé de points de Gel.

Lorsque vous avez terminé les réparations, vous embarquez à nouveau sur le traîneau. Il est temps de vous remettre en route vers Aquutaq.

Lancez un «Jet de Chance».

❖ Si vous réussissez, vous arrivez à destination sans problème. **Allez au 20**.

❖ Si vous échouez, votre voyage est interrompu par l'attaque d'une créature du nord. Lancez le dé selon la règle des *Monstres Aléatoires* et combattez la créature. Si vous sortez vainqueur du combat, vous pouvez reprendre votre route jusqu'à Aquutaq. **Allez au 20**.

53

Le jeu de la soirée s'intitule « Le 36 ». Les clients sont invités à miser sur le chiffre qui sortira lorsque le croupier lancera six dés. Plusieurs possibilités de mises sont disponibles.

Les règlements sont les suivants :

Vous déterminez dès le départ le montant en jeu. Votre mise ne doit pas dépasser 10 pièces d'or. Vous pouvez ensuite opter pour l'un des choix suivants :

1. *Vous misez sur le chiffre exact que le croupier va obtenir.* Si vous gagnez, vous obtenez 15 fois votre mise. Pour déterminer votre choix, sélectionnez un chiffre de 6 à 36 et inscrivez-le sur une feuille. Si vous vous trompez d'un seul chiffre, vous gagnez 5 fois votre mise.

2. *Vous misez que le chiffre sera pair ou impair.* Si vous gagnez, vous obtenez 1 fois votre mise.

3. *Vous misez que le chiffre sera entre 6 et 16.* Si vous gagnez, vous obtenez 2 fois votre mise. Vous pouvez également faire cette mise pour un chiffre se situant « entre 26 et 36 ».

Une fois votre mise effectuée, le croupier lance six dés (vous allez devoir les lancer pour lui). L'addition des dés donne le chiffre du croupier. Comparez le résultat à votre mise. Si vous avez gagné, vous récupérez l'argent que vous avez misé, plus vos gains. Sinon, vous perdez l'argent que vous avez mis en jeu.

Vous pouvez jouer le temps désiré. Ensuite, allez vite vous coucher, car la nuit risque d'être courte. Pour cela, **allez au 59**.

54

Sur une pancarte à l'entrée de l'établissement figure le nom de l'auberge : Tavrani Tavra. Cette auberge est de loin la plus calme que vous ayez visitée. Vous pourriez entendre voler une mouche — si, évidemment, elles n'étaient pas toutes gelées.

Vous constatez rapidement que ce silence n'est pas sans cause. Tous les habitants de ce lieu semblent être des personnes sourdes. Même l'aubergiste est un homme sans tonalité vocale. À votre arrivée, vous êtes témoin d'une scène étonnante : un voyageur demandant une chambre est littéralement jeté dehors dû au fait qu'il n'est pas sourd !

Cela explique donc toutes les tentes d'aventuriers hissées près de l'auberge…

Lorsque vient votre tour, vous ne comprenez absolument rien à ce que « dit » l'aubergiste avec ses gestes compliqués, mais pour ne pas l'offusquer, vous faites semblant de comprendre tous ses dires d'un signe de tête.

En observant bien les clients, vous remarquez qu'ils se lancent des défis (en se pointant du doigt) et s'affrontent en lançant des dés. C'est une activité qui pourrait vous plaire.

❖ Si vous voulez vous joindre à eux, **allez au 84.**

❖ Sinon, vous pouvez simplement aller vous coucher pour repartir reposé demain ; **allez au 94.**

55

Plusieurs villageois sont assis à cette table et discutent d'un problème auquel ils font face. Lorsque vous vous approchez, ils reconnaissent en vous un aventurier expérimenté. Ils vous invitent alors à leur table et vous expliquent leur problème.

Apparemment, non loin du village, un grand sapin est tombé en travers d'un ravin. Or, de l'autre côté du ravin vit une tribu de gobelins des glaces. Depuis, grâce au « pont » créé par l'arbre abattu, les gobelins peuvent franchir le ravin et lancer des attaques contre le village. Ils commencent à devenir dangereux, et les villageois se demandent comment les repousser.

Vous suggérez qu'ils démolissent l'arbre qui sert de pont, mais les villageois disent que les gobelins surveillent les lieux jour et nuit. Personne dans le village n'est assez courageux pour aller combattre les gobelins et détruire le pont.

En apprenant que vous cherchez à accumuler 100 pièces d'or pour une expédition, le chef du village vous offre cette somme en échange de votre aide.

❖ Si vous acceptez d'aller détruire le pont des gobelins en échange de 100 pièces d'or, **allez au 70**.

❖ Si vous préférez trouver une façon moins dangereuse de remplir votre bourse, **retournez au 3** et visiter les autres tables.

56

Vous vous mettez en route pour Qannik, toujours guidé par Belle et accompagné de Jack. Vous demandez à la chatte des neiges si vous êtes encore loin du territoire du démon. La petite créature vous dit qu'il vous reste à peu près deux jours de voyage.

— Deux jours avant d'affronter Deltamo, dites-vous.

— Il n'a qu'à bien se tenir ! déclare Jack.

De votre côté, vous espérez que Nieille soit encore vivante.

En milieu de journée, vous découvrez un obstacle imprévu : une profonde crevasse coupe le paysage en deux. Non loin de vous, un pont de glace naturel enjambe le gouffre. Vous hésitez. Il paraît dangereux de vouloir passer sur ce pont, mais avez-vous vraiment le choix ?

❖ Si vous choisissez de guider le traîneau sur le pont de glace, malgré les
risques, **allez au 76**.

❖ Si vous préférez trouver un autre
moyen de franchir la crevasse, **allez
au 96**.

57

Le Yéti soulève son bloc de glace et le lance
sur vous. Vous devez à nouveau tenter une
esquive rapide. Lancez un « Jet d'Habileté ».
Si vous réussissez, vous évitez la chute du
bloc de glace. Si vous échouez, vous êtes
frappé sur l'autre épaule et vous perdez
5 points de Vie.

À présent, le Yéti n'a plus de blocs de
glace à vous lancer. Malheureusement, cela
ne signifie pas qu'il est prêt à abandonner
le combat.

Rendez-vous au 114 pour affronter le
Yéti en combat singulier.

58

Vous êtes en grave danger ! Le traîneau a
quitté la piste et commence à basculer dans

le ravin. Vous ne pouvez pas vous permettre de perdre votre traîneau et vos chiens, car sans eux, vous n'arriverez jamais vivant au prochain village. Vous faites claquer votre fouet et encouragez vos chiens à haute voix. Ils doivent réussir à hisser le traîneau hors de la crevasse. C'est votre dernière chance ! Lancez un « Jet d'Habileté ».

❖ Si vous réussissez, **allez au 64**.

❖ Si vous échouez, **allez au 72**.

59

La chambre coûte deux pièces d'or. Si vous avez ce montant, vous pouvez dormir à l'auberge et récupérer 5 points de Vie. Sinon, vous allez devoir dormir dans votre tente, ce qui ne vous permettra pas de récupérer des points de Vie.

Jack, qui s'est amusé à la table de jeu, passe la nuit à murmurer des chiffres de 6 à 36.

Lorsque le matin se lève, vous êtes prêt à reprendre votre mission. Selon la carte, il y a deux villages que vous pouvez atteindre avant la nuit prochaine.

❖ Si vous voulez vous rendre à Kamik, au nord-ouest, **allez au 26**.

❖ Si vous préférez partir vers Qannik, au nord-est, **allez au 56**.

60

Le voyage vers Annakpok est plus long que prévu : vous n'arrivez pas au village avant la tombée de la nuit. En raison du froid, vous subissez 2 points de Gel. Il est trop tard pour vous amuser à explorer le village, mais la boutique n'est pas encore fermée.

❖ Si vous désirez visiter la boutique d'Annakpok, **allez au 186**.

❖ Si vous préférez aller tout de suite à l'auberge et vous reposer en prévision de la journée de demain, **allez au 48**.

61

Vous jetez le sortilège sur le sapin afin de l'enflammer. Lorsque le bois résineux se met à brûler, vous savez que votre mission a réussi, car l'arbre calciné ira s'écrouler au fond du ravin et les gobelins ne pourront plus franchir le gouffre. Les villageois n'auront plus besoin de craindre leurs attaques. Vous pouvez maintenant revenir au village en héros. Lancez un « Jet de Chance ».

❖ Si vous réussissez, **allez au 71**.

❖ Si vous échouez, **allez au 74**.

62

Jack revient le souffle court, mais le sourire aux lèvres.

— Voilà maître ! Tout a été fait comme prévu dans notre plan.

— Félicitations, Jack. Je suis très fier de toi. Tu as vraiment été courageux. Maintenant, il ne nous reste plus qu'à attendre.

Quelques heures plus tard, après le repas, il ne semble plus y avoir d'activité dans le campement. D'après vous, le plan a fonctionné.

Lancez un « Jet de Chance ».

❖ Si vous réussissez, tous les barbares ont été éliminés et vous pouvez maintenant aller sauver la jeune fille. **Rendez-vous au 110.**

Sinon, il reste encore deux grosses brutes à éliminer :

❖ Si vous parvenez à vaincre les barbares, vous pouvez désormais sauver Anouk sans danger. **Rendez-vous au 110.**

Barbares des neiges

Caractéristiques	
Attaque	**Vie**
14	45
Trésor	
Aucun	

Arme	Dégât
Épieux	6

63

Grâce à la flamme de votre torche ou de votre lanterne, vous allumez un flambeau, dont vous vous servez ensuite pour mettre le feu aux branches du sapin abattu. Lorsque le bois résineux se met à brûler, vous savez que votre mission a réussi, car l'arbre calciné ira s'écrouler au fond du ravin et les gobelins ne pourront plus franchir le gouffre. Les villageois n'auront plus besoin de craindre leurs attaques. Grâce à votre prévoyance, vous pouvez maintenant revenir au village en héros. Lancez un « Jet de Chance ».

❖ Si vous réussissez, **allez au 71**.

❖ Si vous échouez, **allez au 74**.

64

Au prix d'un effort suprême, vous réussissez à reprendre le contrôle du traîneau, et les chiens arrivent à le tirer hors du ravin. Pendant un instant, vous étiez vraiment suspendu au-dessus du vide. Quelques secondes de plus, et vous faisiez le dernier plongeon de votre vie!

Heureusement, vous êtes maintenant hors de danger. Avec un soupir de soulagement, vous sautez dans la neige et examinez le traîneau. Il a subi des dégâts, mais vous devriez pouvoir le réparer avec les outils qui font partie de votre équipement.

Pendant une demi-heure, vous réparez les patins endommagés du traîneau. En raison du froid intense des terres de Telka, vous subissez des engelures et des gerçures douloureuses. Vous avez l'impression d'être victime d'un sortilège de Souffle de Glace!

Lancez le dé et ajoutez 3 points. Ajoutez le résultat à vos points de Gel.

Lorsque vous avez terminé les réparations, vous embarquez à nouveau sur le traîneau. Il est temps de vous remettre en route vers Aquutaq.

Lancez un «Jet de Chance».

❖ Si vous réussissez, vous arrivez à destination sans problème. **Allez au 20**.

❖ Si vous échouez, votre voyage est interrompu par l'attaque d'une créature du nord. Lancez le dé selon la règle des *Monstres Aléatoires* et combattez la créature. Si vous sortez vainqueur du combat, vous pouvez reprendre votre route jusqu'à Aquutaq. **Allez au 20**.

65

Vous levez votre hache et avancez vers le sapin, prêt à lui faire subir un mauvais sort. Pendant une demi-heure, vous portez de violents coups de hache au tronc d'arbre, jusqu'à ce que vous finissiez par le casser en deux.

Afin de ne pas tomber vous-même dans le ravin, vous sautez dans la neige au bord de la crevasse, tandis que les restes de l'arbre s'abîment dans le gouffre.

Tous ces efforts dans le froid vous ont gelé les mains et les pieds : lancez le dé et ajoutez le résultat à vos points de Gel. Toutefois, votre mission a réussi : les gobelins ne pourront plus franchir le gouffre, et les villageois n'auront plus besoin de craindre leurs attaques. Vous pouvez maintenant revenir au village en héros.

Lancez un « Jet de Chance ».

❖ Si vous réussissez, **allez au 71**.

❖ Si vous échouez, **allez au 74**.

66

Personne n'est assis à cette table. Cher aventurier, il est impossible de gagner des pièces d'or à une table vide ! **Retournez au 3** et faites un autre choix.

67

Le Yéti est mort ! Fier d'avoir vaincu l'abominable homme des neiges, vous décidez de revenir au village en emportant la preuve de votre victoire : l'une des pattes griffues du monstre.

Grâce à Belle, vous parvenez à retrouver le village d'Aquutaq dans les immenses étendues enneigées du grand nord. Sans elle, vous n'auriez probablement pas été capable de retrouver vos propres traces dans la neige, car le vent les a partiellement effacées.

En raison du froid intense à l'approche de la nuit, vous subissez 2 points de Gel.

De retour à la taverne, vous remettez la patte de Yéti au maire du village. Tous les hommes dans la taverne vous félicitent pour votre exploit. Pendant que Jack, fidèle à son habitude, raconte votre glorieuse victoire en exagérant son propre rôle, vous rappelez au maire d'Aquutaq qu'il vous a promis une récompense.

Le maire hoche la tête.

— C'est vrai. Je te donne le choix : 40 pièces d'or ou un Cristal de Feu.

Vous étudiez le Cristal de Feu : c'est un joyau transparent, gros comme un poing, avec une flamme à l'intérieur. Le maire vous explique que ce cristal est ensorcelé. Si vous le jetez sur un ennemi, vous libérerez les puissantes flammes magiques qu'il contient, mais vous ne pourrez le faire qu'une seule fois.

Choisissez entre les 40 pièces d'or et le Cristal de Feu. Si vous choisissez le Cristal de Feu, et si vous l'utilisez contre un ennemi, celui-ci perdra 8 dés de points de vie.

Maintenant, il est tard et vous avez sommeil.

❖ Si vous voulez visiter la boutique du village avant d'aller dormir, **allez au 182**.

❖ Si vous préférez aller tout de suite à l'auberge, **allez au 32**.

68

L'aubergiste tire une carte, et à sa lecture…

Vous devez lancer un dé.

❖ Si vous obtenez 1, vous vous transformez en grenouille verte toute la nuit. Bien sûr, Jack ne ratera pas cette occasion pour rire de vous. Toutefois, il vous expliquera les consignes importantes à respecter lorsque vous êtes une grenouille.

❖ Si vous obtenez 2, vous êtes envahi par une chaleur réconfortante. Vos points de Gel reviennent à zéro et vous récupérez autant de points de Vie que vous aviez de points de Gel.

❖ Si vous obtenez 3, vous devenez invisible. Malheureusement, vous n'allez vous apercevoir de ce pouvoir que le lendemain matin au petit déjeuner, en effrayant un jeune homme lors de votre réapparition.

❖ Si vous obtenez 4, de l'herbe pousse dans vos oreilles. Pendant une journée, vous aurez de la difficulté à entendre.

❖ Si vous obtenez 5, vous vous sentez soudainement plus robuste. Vous venez d'acquérir un point de Vie permanent. Ajoutez-le à votre total maximum de points de Vie.

❖ Si vous obtenez 6, vous vous sentez soudainement plus rapide. Pendant deux heures, vous allez vous déplacer deux fois plus vite.

Attention : vous ne pouvez choisir qu'une carte. Ensuite, allez vite vous coucher, car la nuit risque d'être courte. Pour cela, **allez au 78**.

69

Vous avez bien fait de vous arrêter, car la tempête est violente. La neige balaie le paysage et le vent pousse des hurlements incessants. Vous vous êtes réfugié derrière un amas de rochers, où vous avez creusé un trou dans la neige pour vous enfouir. Lorsque la tempête prend fin, après deux bonnes heures de blancheur opaque, vous devez sortir de votre trou avec une pelle !

Vous avez perdu du temps, mais heureusement, votre prévoyance vous a mis à l'abri du vent glacial. Jack a survécu dans la poche de votre manteau, et Belle et les chiens, habitués aux colères de Dame Nature, émergent de la neige en secouant leur fourrure.

— Remettons-nous en route, suggérez-vous. Nous devons arriver à Annakpok avant la nuit.

Vous dégagez le traîneau de la neige et reprenez votre route dans les plaines enneigées du nord. Lancez un « Jet de Chance ».

❖ Si vous réussissez, vous arrivez à destination sans problème. **Allez au 60**.

❖ Si vous échouez, votre voyage est interrompu par l'attaque d'une créature du nord. Lancez le dé selon la règle des *Monstres Aléatoires* et combattez la créature. Si vous sortez vainqueur du combat, vous pouvez reprendre votre route jusqu'à Annakpok. **Allez au 60.**

70

Le chef du village vous remercie de votre aide. Il vous promet la récompense de 100 pièces d'or si vous réussissez à détruire le pont. Jack rouspète comme à son habitude.

— Ça veut dire qu'il faut retourner dans le froid ? lance Jack d'un air incertain.

— Rien ne t'empêche de rester à l'auberge et de pratiquer ton vocabulaire du nord, suggérez-vous.

— Bonne idée. L'un de nous doit au moins parler comme eux. Et je vais te réserver une chambre, réplique Jack.

Vous savez parfois user de diplomatie. De toute façon, comme vous devez faire rapidement, Jack ne vous aurait pas été d'une grande utilité.

Vous rassemblez votre équipement et demandez aux villageois où est situé le ravin. Ils vous expliquent que vous devez aller à l'ouest à partir du village. Après vous avoir prêté des bottes et un manteau de fourrure, ils vous souhaitent bonne chance dans votre mission.

Allez au 75.

71

Le voyage de retour vers Nukulu se fait sans incident supplémentaire. Lorsque vous revenez au village, les hommes qui vous avaient confié la mission vous accueillent avec joie. Ils sont heureux d'apprendre que les gobelins ne pourront plus franchir le ravin et attaquer le village. En récompense, tel que promis, ils vous donnent l'argent dont vous avez besoin pour acheter un traîneau et du matériel d'exploration. **Rendez-vous au 4**.

72

Malheureusement, vous ne réussissez pas à sortir le traîneau du ravin. Il bascule sur le côté et vous jette dans le vide. Jack et Belle réussissent à sauter dans la neige au bord de la faille, et le traîneau, une fois délesté de votre poids, est hissé en sécurité par les chiens. Mais vous n'avez pas cette chance. Il n'y a rien pour vous agripper, et la chute dans la crevasse profonde vous tue sur le coup. Vos espoirs de sauver Nieille prennent fin ici.

73

Vous décidez d'affronter la menace des barbares et de traverser la forêt, au lieu de perdre plusieurs heures à vouloir la contourner.

— Comme si nous avions peur de quelques barbares ! proclame Jack.

— N'invite pas le malheur, répliquez-vous.

Tout d'abord, votre décision paraît sage, car les arbres font obstacle au vent et à la neige. Il fait donc moins froid dans la forêt que dans les plaines enneigées de Telka. Mais peut-être allez-vous regretter votre choix si vous êtes attaqué par les terribles barbares du nord.

Lancez deux « Jets de Chance ».

❖ Si vous les réussissez tous les deux, **allez au 93**.

❖ Si vous en échouez un, **allez au 113**.

74

Par malheur, alors que vous retournez en direction du village, vous tombez sur une patrouille de gobelins. Ils comprennent vite, en voyant la direction dont vous venez, que vous avez visité leur campement près du sapin — et puisque vous êtes encore vivant, cela signifie que les autres gobelins, eux, ne le sont plus.

Cette déduction met les gobelins de la patrouille en colère, et ils vous attaquent immédiatement. Vous pourriez probablement vous enfuir, mais vous avez également une bonne raison de vaincre ces gobelins. Ils sont désormais prisonniers de ce côté-ci du ravin ; si vous les laissez partir, ils iront sûrement passer leur colère sur les ges du village.

Patrouille de gobelins des glaces

Caractéristiques	
Attaque	**Vie**
14	36
Trésor	
Aucun	

Arme	Dégât
Couteaux et gourdins	**5**

❖ Si vous êtes vainqueur, vous trouvez 5 pièces d'or dans leurs poches. Vous

pouvez ensuite revenir au village ;
allez au 71.

75

Vous vous éloignez du village en direction
de l'ouest. Le ravin est assez éloigné, mais
vous devriez pouvoir revenir avant la
nuit — à condition de ne pas finir dans le
ventre des gobelins voraces. Afin de mettre
les chances de votre côté, vous sortez votre
meilleure arme.

Une heure plus tard, vous apercevez le
gouffre, ainsi que le grand sapin qui est
tombé d'un côté à l'autre. Le sapin est sur-
veillé par une dizaine de gobelins, qui ont
établi un campement près du ravin. Pré-
sentement, ils sont occupés à faire cuire
une créature inconnue sur leur feu de
camp. Il y a d'autres conifères dans les
environs, encore debout et recouverts de
neige, ce qui vous permet de passer ina-
perçu pour l'instant.

❖ Si vous voulez essayer de vous
approcher discrètement, en vous

cachant derrière les arbres, **allez au 80**.

❖ Si vous préférez foncer sur les gobelins et les prendre par surprise, **allez au 86**.

❖ Si vous êtes druide et connaissez un sort pour vous transformer en animal, vous pouvez aussi attaquer les gobelins sous la forme d'une bête sauvage : **allez au 94**.

76

Vous vous approchez du pont de glace et examinez la situation. Vous allez devoir être très habile pour guider le traîneau sur le pont sans tomber dans le vide.

Par sécurité, vous détachez la moitié des chiens et allégez le traîneau. Vous demandez ensuite à Jack et Belle de traverser le pont à pied afin de vous attendre de l'autre côté. Puis, vous avancez au-dessus du gouffre, laissant les chiens qui restent tirer le traîneau.

Dix fois, vous allez devoir lancer le dé. À chaque fois, vous pouvez *additionner* ou *soustraire* le dé au résultat précédent (vous commencez à 0). Votre but est de toujours rester entre 1 et 9, ce qui représente l'équilibre du traîneau sur le pont.

Par exemple, si votre premier dé est 3, et si votre deuxième dé est 5, vous faites 3 + 5 = 8. Si votre troisième dé est 6, vous pouvez soustraire 8 – 6 = 2 pour rester entre 1 et 9.

❖ Si vous réussissez à lancer 10 fois le dé et à garder le total entre 1 et 9, **allez au 81**.

❖ Mais si le total tombe à 0 ou monte à 10, **allez au 85**.

77

Cette table est celle où vous étiez assis avec Jack. Personne n'est venu l'occuper, et vos verres sont encore sur la table. Vous ne pouvez évidemment pas gagner de pièces d'or ici. Retournez au **3** et visitez une autre table.

Si vous avez visité toutes les tables sans accumuler les 100 pièces d'or dont vous avez besoin, vous n'avez plus le choix : retournez au **55** et acceptez la mission des villageois.

78

Jack a fait une telle impression que la chambre vous est offerte gratuitement. Vous passez donc une nuit très reposante.

Bien entendu, vous avez rêvé aux astres.

À votre réveil, vous récupérez 5 points de Vie et reprenez votre mission. D'après la carte, le seul village que vous puissiez désormais atteindre est Hey, au nord-ouest. Lorsque vous rejoignez Belle à l'extérieur — elle a dormi dans la neige, comme à chaque nuit —, elle vous apprend que le territoire du démon sanguinaire commence au nord de Hey.

Toutefois, pour atteindre Hey, il faudra que vous franchissiez la Rivière Gelée, dont la glace n'est pas toujours solide et sécuritaire…

Allez au 95.

79

Jack revient le souffle court, mais le sourire aux lèvres.

— Voilà, maître ! Tout a été fait comme dans notre plan.

— Bravo, Jack ! La fille aussi ?

— Oui, maître ! Mais comme elle était attachée, j'ai déposé le mémo sur son ventre pour qu'elle puisse le lire.

— Ah, d'accord. Et où est le mémo, maintenant ?

— Sur son ventre ! Je viens de te le dire.

— Quoi ??

Évidemment, les gardes d'Anouk ont dû voir le mémo aussi. Lancez deux fois le dé. La somme vous indique le nombre de barbares qui n'ont pas été empoisonnés et qui, à l'instant même, accourent vers vous avec rage. Le combat est inévitable !

Barbares des neiges

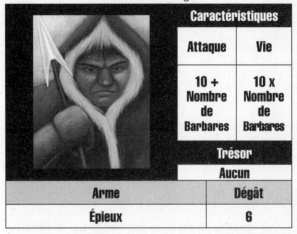

Caractéristiques	
Attaque	**Vie**
10 + Nombre de Barbares	**10 x Nombre de Barbares**
Trésor	
Aucun	

Arme	Dégât
Épieux	**6**

Si, par chance exceptionnelle, vous réussissez à démolir tous ces barbares, vous pouvez aller délivrer la jeune fille. **Allez au 110**.

80

Avec prudence, vous avancez vers le camp des gobelins en vous cachant derrière les arbres aux environs. Allez-vous réussir à les prendre par surprise ? Lancez un « Jet d'Habileté » ainsi qu'un « Jet de Chance ».

❖ Si vous réussissez les deux tests, **allez au 119**.

❖ Si vous échouez l'un ou l'autre, vous avez malheureusement été vu par les gobelins ! Vous n'avez plus qu'à passer à l'attaque avant qu'ils n'aient le temps d'organiser leur défense : **allez au 86**.

81

Félicitations, vous avez réussi à franchir le pont de glace ! Jack et Belle vous accueillent de l'autre côté, ainsi que les chiens que vous aviez détachés. Vous retournez ensuite chercher l'équipement que vous avez laissé dans la neige de l'autre côté pour alléger le traîneau. Maintenant que vous êtes en sécurité du bon côté de la crevasse, il ne vous reste plus qu'à attacher tous les chiens avant de repartir en direction de Qannik. **Allez au 43**.

82

Vous jetez un sortilège en direction du sommet des falaises. Aussitôt, plusieurs singes poussent des cris effrayés et battent en retraite. Il en reste cependant une demi-douzaine, et ceux qui ont fui pourraient revenir à la charge.

Vous donnez des coups de fouet dans l'air pour faire accélérer les chiens. Vous devez profiter de votre moment de répit pour sortir du défilé.

Là-haut, les singes restants vous voient fuir et s'excitent davantage. Ils continuent à vous jeter des morceaux de glace. Apparemment, c'est un jeu très drôle pour eux!

Cinq fois, vous allez devoir lancer le dé et consulter la table suivante.

Dé	Résultat
1	Vous n'êtes pas touché.
2	Vous êtes frappé par un morceau de glace et perdez 2 points de Vie.
3	Vous n'êtes pas touché.
4	Vous recevez une boule de neige et perdez 1 point de Vie.
5	Vous n'êtes pas touché.
6	Vous recevez un bloc de glace sur la tête et perdez 4 points de Vie.

❖ Si vous êtes encore vivant après le bombardement des singes, **allez au 51**.

83

Vous vous éloignez de la forêt de conifères en direction du nord-est, déterminé à éviter toute mauvaise rencontre. Vous n'êtes pas venu dans le nord pour faire la guerre aux barbares, mais pour sauver votre amie Nieille des griffes de Deltamo.

Malheureusement, la forêt est vaste et vous devez voyager pendant deux heures pour réussir à la contourner. Évidemment, il faudra ensuite que vous perdiez du temps supplémentaire pour revenir en direction du nord-ouest, vers le village de Kamik. Peut-être auriez-vous dû traverser la forêt en dépit de la menace des barbares. Les arbres auraient fait obstacle au vent et à la neige, et vous auriez eu moins froid.

En somme, ce grand détour vous a coûté du temps précieux et vous a exposé aux éléments. Lancez le dé et ajoutez-le à vos points de Gel.

Maintenant que la forêt est derrière vous, vous foncez vers Kamik le plus rapidement possible, pressé d'être au chaud dans une bonne auberge. **Allez au 103.**

84

En observant bien, vous pensez avoir compris les règlements. Vous devez vous trouver un adversaire en le pointant du doigt. Vous déterminez dès le départ le montant en jeu (votre mise ne doit pas dépasser 10 pièces d'or). Vous lancez ensuite le dé, et votre opposant fait de même (vous allez devoir lancer le dé pour lui). Si votre résultat est supérieur, vous gagnez votre mise ainsi que celle de votre opposant. Si votre résultat est inférieur, vous perdez votre mise. Si les résultats sont égaux, chacun doit ajouter 1 pièce d'or à sa mise et recommencer le jeu.

Pendant votre jeu, vous remarquez Jack en train de faire des signes aux personnes. Il semble communiquer avec les gens avec facilité. Il a un tel succès qu'il est devenu le centre d'intérêt des lieux. À la fin de la soirée, il vous confie qu'il n'a aucune idée de ce qu'il faisait. Après avoir observé les gens, il reproduisait simplement ce qu'il avait vu !

Vous pouvez jouer autant de fois que désiré. Ensuite, allez vite vous coucher, car la nuit risque d'être courte. Pour cela, **allez au 104**.

85

Soudain, vous sentez le traîneau glisser sur le côté ! S'il se renverse, vous allez disparaître dans la crevasse et ce sera la fin de votre aventure. Il ne vous reste qu'une fraction de seconde pour rétablir l'équilibre du traîneau et sauver votre vie. Lancez un « Jet de Chance ».

❖ Si vous réussissez, la traîneau se remet en équilibre et vous poussez un soupir de soulagement. **Retournez au 76** et continuez le jeu en remettant le total à 1.

❖ Si vous échouez, le traîneau se renverse et vous êtes jeté dans le vide. Après une chute de plusieurs centaines de mètres dans les profondeurs de la glace, vous êtes tué en frappant le fond de la crevasse. Vos espoirs de sauver Nieille prennent fin ici.

86

Vous surgissez de nulle part et foncez dans le tas de gobelins en rugissant un cri de guerre ! Les créatures se mettent à vociférer et gesticuler. Puis elles se regroupent et vous attaquent. Vous devez combattre tous les gobelins dans un seul groupe.

Gobelins des glaces

Caractéristiques	
Attaque	**Vie**
16	60
Trésor	
Aucun	

Arme	Dégât
Couteaux et gourdins	5

❖ Si vous gagnez contre tous les gobelins, vous ramassez sur le chef la
somme de 8 pièces d'or. Vous trouvez
également une potion de vie légère,
à demi gelée. **Allez ensuite au 90**.

87

Sachant que Jack et Belle sont assez petits
pour passer inaperçus, vous décidez de les
envoyer en mission de reconnaissance.
Évidemment, Jack est fier de son rôle
d'éclaireur. La chatte et la grenouille péné-
trent dans le défilé, et pendant plusieurs
minutes, c'est le silence.

Puis un rugissement se fait entendre.

Près de vous, vous voyez une paire
d'yeux rouges passer au ras du sol. C'est
Belle qui sort du défilé en courant, le poil
hérissé. Elle est aussitôt suivie par Jack, qui
est lui-même suivi par un gigantesque
Yéti en colère!

— Désolé, maître! s'exclame-t-il. Le Yéti
n'aime pas la couleur orange!

Ce disant, Jack file entre vos jambes,
vous laissant face au Yéti.

Allez au 114 pour affronter la créature, et souvenez-vous dorénavant que Jack, contrairement à Belle, n'a pas la couleur idéale pour faire du camouflage dans la neige !

88

Vous donnez des coups de fouet dans l'air pour faire accélérer les chiens. Vous devez sortir du défilé avant d'être lapidé ! Les singes vous voient fuir et s'excitent davantage. Ils continuent à vous lancer des morceaux de glace. C'est un jeu très drôle pour eux !

Dix fois, vous allez devoir lancer le dé et consulter la table suivante.

Dé	Résultat
1	Vous n'êtes pas touché.
2	Vous êtes frappé par un morceau de glace et perdez 2 points de Vie.
3	Vous n'êtes pas touché.
4	Vous recevez une boule de neige et perdez 1 point de Vie.
5	Vous n'êtes pas touché.

6	Vous recevez un bloc de glace sur la tête et perdez 4 points de Vie.

❖ Si vous êtes encore vivant après le bombardement des singes, **allez au 51**.

89

Les règles sont très simples.

Vous devez débourser 3 pièces d'or à chacune de vos prestations (chansons). Vous pouvez interpréter jusqu'à 3 chansons. À chacune de vos chansons, faites un « Jet de Chance » en pénalisant temporairement votre Chance de 3 points. Si vous réussissez l'un de ces « Jets de Chance » difficiles, vous serez proclamé vainqueur.

Attention : vous pouvez faire participer Jack avec vous. Si vous le faites, il réduira votre pénalité de Chance à 1 point. Toutefois, vous devrez partager votre récompense avec lui.

Vous pouvez jouer jusqu'à 3 fois, mais sachez que les pièces d'or dépensées pour jouer ne vous seront pas rendues, même si vous gagnez. Ensuite, allez vite vous coucher, car la nuit risque d'être courte. Pour cela, **allez au 99**.

90

Vous avez réussi à éliminer tous les gobelins qui surveillaient le sapin, mais vous devez maintenant détruire ce « pont » pour éviter que le reste de la tribu n'attaque le village.

- ❖ Si vous êtes doué de pouvoirs magiques et connaissez un sortilège de feu, **allez au 61**.

- ❖ Si vous possédez une torche et un briquet, ou une lanterne, **allez au 63**.

- ❖ Si vous avez une hache, **allez au 65**.

- ❖ Si vous n'avez rien de tout cela, **allez au 118**.

91

Vous poussez un soupir de soulagement lorsque vous sentez l'intensité du vent décroître. La neige ne vous aveugle plus, et vous commencez à voir le paysage qui vous entoure. Vous avez réussi à traverser la tempête, mais ne jouez plus jamais à ce jeu-là. La prochaine fois, vous pourriez disparaître dans le blizzard, et personne ne retrouverait jamais votre corps gelé dans les vastes étendues du nord.

— Ouf, dit Jack. J'ai eu peur pendant un moment.

— *Pas moi*, dit narquoisement Belle.

« Évidemment », songez-vous. Belle ne craint pas le froid ou la neige. La petite créature est accoutumée à la sévérité du climat dans les terres de Telka.

— Remettons-nous en route, suggérez-vous. Nous devons arriver avant la nuit.

Lancez un autre « Jet de Chance ».

❖ Si vous réussissez, vous arrivez à Annakpok sans problème. **Allez au 60**.

❖ Si vous échouez, votre voyage est interrompu par l'attaque d'une créature du nord. Lancez le dé selon la règle des *Monstres Aléatoires* et combattez la créature. Si vous sortez vainqueur du combat, vous pouvez continuer votre route jusqu'à Annakpok. **Allez au 60**.

92

Sur une pancarte brisée en deux, il est écrit : Nagojut. Cette auberge est littéralement hors de contrôle. Les clients, qui sont en majorité des aventuriers, se sont donné le mot pour festoyer énergiquement. Après quelques conversations, vous comprenez mieux la situation. Un petit groupe d'aventuriers indisciplinés a gagné hier cet établissement au blackjack et profitent maintenant de leur gain.

Même l'aubergiste est difficile à identifier, car c'est une dizaine de propriétaires qui sont là plutôt pour s'amuser que pour s'occuper de leur nouvelle auberge. Toutefois l'un deux, probablement peu intéressé à vous servir, vous offre une chambre gratuitement pour la nuit.

Un concours un peu barbare a été organisé dans le fond de l'auberge. Un homme est positionné pour faire des pompes et essaie de les effectuer avec un autre homme sur le dos.

❖ Si ce genre de concours peut vous intéresser, **allez au 102.**

❖ Sinon, vous pouvez simplement aller à votre chambre ; **allez au 112.**

93

Vous avez beaucoup de chance : vous avez réussi à traverser la forêt sans rencontrer les terribles barbares qui l'occupent. Dès que vous voyez les sapins se raréfier, vous échangez un sourire avec Jack et Belle.

— Nous sommes passés !

— *Nous avons eu de la chance*, dit Belle.

— Mais non, dit Jack. C'est évident que les barbares ont eu peur de nous.

Vous ne savez pas si les barbares des terres de Telka connaissent votre réputation, et encore moins celle de Jack, mais vous ne dites rien pour décourager votre compagnon.

Rendez-vous au 103.

94

Sous la forme d'une créature effrayante, vous surgissez de nulle part et foncez dans

le tas de gobelins en poussant un rugissement féroce. Les petits monstres sont complètement pris au dépourvu. Plusieurs
s'enfuient en criant dans la neige, mais leur
chef et une poignée de gobelins plus courageux essaient de vous tenir tête. Ils croient
qu'ils ont simplement affaire à une créature
enragée, sans savoir que vous êtes un
druide déguisé. Vous devez affronter les
gobelins qui n'ont pas pris la fuite, sous
votre forme animale.

Gobelins des glaces

Caractéristiques	
Attaque	**Vie**
14	45
Trésor	
Aucun	

Arme	Dégât
Couteaux et gourdins	5

❖ Si vous gagnez contre les gobelins, vous ramassez sur le chef la somme de 8 pièces d'or. Vous trouvez également une potion de vie légère, à demi gelée. Ensuite, **allez au 90**.

95

Après un voyage sans incident, vous arrivez à midi sur les berges glacées de la Rivière Gelée. Cette vaste étendue de glace lisse sépare le village de Hey des autres villages situés plus au sud. Elle représente aussi un obstacle périlleux, car la glace n'est pas toujours solide. Il faut connaître les zones dangereuses avec précision pour pouvoir traverser la rivière sans risque. Heureusement, vous avez Belle pour vous guider. Moins heureusement, Belle est habituée à franchir la Rivière Gelée sur ses petites pattes légères ; elle n'a jamais essayé de le faire avec un traîneau lourd, un aventurier adulte, une grenouille et plusieurs chiens.

— Heureusement que les grenouilles savent nager, dit narquoisement Jack.

— Dans une eau à cette température ?
Tu vas devenir un glaçon avant d'avoir nagé
cinq secondes. Essayons plutôt de ne pas
passer à travers la glace !

Voici les différents tracés suggérés par
Belle pour franchir la Rivière Gelée.

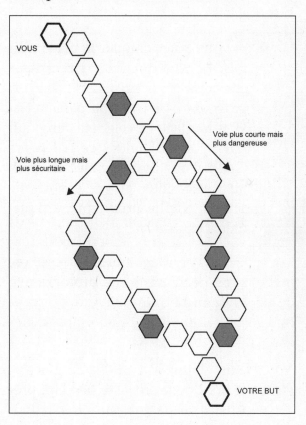

VOUS

Voie plus courte mais
plus dangereuse

Voie plus longue mais
plus sécuritaire

VOTRE BUT

Vous commencez dans la case en haut à gauche. Lancez le dé et avancez du nombre de cases indiquées par le dé. Si vous atterrissez sur une case blanche, vous êtes en sécurité, mais si vous atterrissez sur une case grise, la glace craque sous le poids du traîneau !

❖ Si vous faites craquer la glace trois fois — c'est-à-dire si vous atterrissez sur trois cases grises en faisant le parcours — le traîneau passe à travers la glace et vous êtes englouti par les eaux frigides de la Rivière Gelée. Vous mourez noyé en quelques secondes, et vos espoirs de sauver Nieille prennent tragiquement fin.

❖ Si vous arrivez à traverser la rivière sans périr dans ses profondeurs, **allez au 115**.

96

Vous vous éloignez du pont de glace et suivez le bord de la crevasse pendant près de deux heures. Elle finit par rétrécir, mais vous devez encore voyager pendant une demi-heure avant de trouver un endroit où la crevasse est assez étroite pour être franchie sans danger. Vous vous servez du traîneau lui-même comme d'un pont, et Belle, Jack, vous-même et les chiens de traîneau traversez le gouffre sans danger.

Malheureusement, ce grand détour vous a coûté du temps précieux et vous a exposé aux éléments. Lancez le dé et ajoutez le total à vos points de Gel.

De l'autre côté du ravin, vous rattachez les chiens au traîneau et vous foncez vers Qannik le plus rapidement possible. **Allez au 43**.

97

Ce jeu s'intitule « Tir au poignet ». C'est un divertissement populaire auquel vous avez déjà participé dans le passé. Les règlements sont les suivants :

Vous devez débourser deux pièces d'or à chacune de vos parties. Pour déterminer si vous avez réussi à battre votre opposant, lancez deux fois le dé et ajoutez le total à votre Attaque.

Pour vaincre votre premier adversaire, vous devez obtenir un total supérieur à 20. Pour vaincre votre second opposant, vous devez obtenir un total supérieur à 24. Pour vaincre votre troisième adversaire, vous devez obtenir un total supérieur à 28.

Pour obtenir la bourse de 25 pièces, vous devez réussir à vaincre 3 opposants. Dans ce cas, vous serez proclamé vainqueur et le jeu s'arrêtera. Le nombre d'adversaires disponibles est illimité, aussi pouvez-vous jouer le nombre de fois désiré.

Jack, certain de votre victoire, insulte les participants afin de rehausser le niveau des affrontements. Il fait un si beau travail qu'au cours de la soirée, vous recevez quelques bidons par la tête sans bien sûr pouvoir déterminer leur provenance. Ces malheureux événements vous font perdre 2 points de Vie.

Lorsque vous aurez assez joué, allez vous coucher en vous rendant **au 117**.

98

Voici l'occasion rêvée d'employer le Cristal de Feu que vous avez acquis. Dès que le démon commence à s'approcher, vous jetez le cristal dans sa direction. Une immense gerbe de feu jaillit dans la neige et engloutit le démon dans une marée de flammes. La créature mugit de terreur et de douleur. Le feu est l'élément opposé au sien, et par conséquent, c'est l'arme la plus efficace pour le détruire. **Rendez-vous au 108** pour combattre le démon des glaces, mais avant de commencer le combat, *réduisez son total de Vie de moitié et ôtez-lui 2 points d'Attaque.*

99

Jack passera la nuit à chanter avec les gens. L'aubergiste, trouvant que Jack est assorti à son décor, lui fera une offre d'emploi. Malgré cela, il préférera vous accompagner. Sauf que maintenant, Jack sait qu'il est un chanteur, alors il n'arrêtera pas de chantonner ! Si vous dormez à l'auberge, la nuit

vous coûtera 1 pièce d'or et vous récupérerez 5 points de Vie.

❖ Si vous n'avez plus de pièces d'or,
vous devrez dormir à l'extérieur
dans votre tente, ce qui vous ne permettra pas de récupérer des points
de Vie.

Dès l'aube, vous vous préparez à
reprendre votre mission. Selon la carte, il y
a deux villages que vous pouvez atteindre
avant la nuit prochaine.

❖ Si vous voulez vous rendre à
Annakpok, au nord, **allez au 39**.

❖ Si vous préférez partir vers Qannik,
au nord-ouest, **allez au 29**.

100

Dans les terres de Telka, Hey est le village
le plus au nord. C'est pourquoi vous êtes
surpris, en arrivant, de découvrir qu'il y a
plusieurs aventuriers, magiciens et autres
guerriers dans le village. Leur présence

_ .ge

vous étonne, mais vous finissez par comprendre la situation.

— Je vois. C'est à cause du démon, n'est-ce pas ?

Jack se renfrogne.

— Tu veux dire que tous ces gens nous font compétition ?

— Ce n'est pas un concours, Jack ! Je suppose que le village a offert une grosse récompense pour la destruction du démon. Tous les aventuriers qui étaient déjà dans le nord ont sauté sur l'occasion, mais ils ne savent probablement pas que Deltamo est derrière cela. Nous devons agir vite si nous voulons éviter des morts inutiles.

Jack bâille.

— De tout façon, nous ne pourrons rien faire avant demain.

— Tu as raison, admettez-vous.

Le voyage vers Hey vous a fatigué, et vous devez vous reposer avant d'affronter Deltamo et son démon.

❖ Si vous voulez aller à la boutique de Hey, **allez au 187.**

❖ Si vous voulez vous rendre immédiatement à l'auberge, **allez au 107**.

101

Vous êtes toujours perdu dans la tempête,
mais vous croyez vous diriger dans la
bonne direction. Malheureusement, vous
n'échappez pas au froid intense et au vent
qui vous fouette le visage. Ajoutez 1 point
à vos points de Gel. Lancez ensuite un autre
« Jet de Chance ».

❖ Si vous réussissez, **allez au 91**.

❖ Si vous échouez, **allez au 105**.

102

Ce concours se déroule en 4 étapes :
À la première étape, vous devez faire
25 pompes avec 20 kilos sur le dos. Pour
voir si vous réussissez, lancez deux fois le
dé et ajoutez le total à votre Attaque.
Si vous obtenez 20 points ou plus, vous
passez cette étape.
À la deuxième étape, vous devez faire
25 pompes avec 50 kilos sur le dos. Pour

voir si vous réussissez, lancez deux fois le dé et ajoutez le total à votre Attaque. Si vous obtenez 22 points ou plus, vous passez cette étape.

À la troisième étape, vous devez faire 25 pompes avec 80 kilos sur le dos. Pour voir si vous réussissez, lancez deux fois le dé et ajoutez le total à votre Attaque. Si vous obtenez 24 points ou plus, vous passez cette étape.

À la quatrième étape, vous devez faire 25 pompes avec Ti-Joe sur le dos. Ti-Joe pèse 200 kilos et n'a rien de « ti ». Pour voir si vous réussissez, lancez deux fois le dé et ajoutez le total à votre Attaque. Si vous obtenez 26 points ou plus, vous passez cette étape. Vous recevez alors 20 pièces d'or et gagnez l'admiration de tous les clients.

Attention : Vous devez effectuer les étapes dans l'ordre. Si vous perdez à une étape, vous devez recommencer à zéro. Vous n'avez droit qu'à deux essais en tout.

Jack a organisé des paris sur vous. Si vous gagnez, il vous donnera 5 pièces d'or. Ensuite, allez vite vous coucher, car la nuit risque d'être courte. Pour cela, **allez au 112**.

103

Vous remarquez que les pistes sont assez mal tracées dans cette région, mais grâce à Belle, vous ne risquez pas de vous perdre dans les immensités glacées. La chatte des neiges vous guide infailliblement vers Kamik, le prochain village habité, sans risque de se tromper.

Lancez un « Jet de Chance ».

❖ Si vous réussissez, vous arrivez à destination sans problème. **Allez au 40.**

❖ Si vous échouez, votre voyage est interrompu par l'attaque d'une créature du nord. Lancez le dé selon la règle des *Monstres Aléatoires* et combattez la créature. Si vous sortez vainqueur du combat, vous pouvez reprendre votre route jusqu'à Kamik. **Allez au 40.**

104

Ouais… Vous venez de constater que vos signes de tête à l'aubergiste vous ont coûté

Le démon des glaces

cher, car en plus de la chambre, vous avez fait des dons à plusieurs œuvres de charité. Vous devez vous soustraire 5 pièces d'or. Si vous n'avez pas assez d'or, on vous jette dehors.

Si vous dormez à l'auberge, vous récupérez 5 points de Vie. Si vous devez dormir dans votre tente, comme les autres malheureux voyageurs, vous ne récupérez pas de points de vie.

À l'aube, vous reprenez votre mission. D'après la carte, le seul village que vous puissiez atteindre en une journée est Hey, au nord de Qannik. Belle vous apprend alors que le territoire du démon sanguinaire commence au nord de Hey.

Toutefois, pour atteindre Hey, il faudra que vous franchissiez la Rivière Gelée, dont la glace n'est pas toujours solide et sécuritaire…

Allez au 95.

105

Vous êtes toujours perdu dans la tempête. Par ailleurs, le sens du vent vous apprend que vous ne progressez plus en direction

159

du nord. Vous devez corriger l'orientation du traîneau, et votre détour involontaire vous expose à la fureur de la tempête. Ajoutez 3 points à vos points de Gel. Lancez ensuite un autre « Jet de Chance ».

❖ Si vous réussissez cette fois-ci, **allez au 91**.

❖ Si vous échouez encore, **allez au 101**.

106

Vous quittez la piste afin de vous approcher de la tour cristalline. Même en l'étudiant de près, vous ne comprenez pas à quoi elle sert. C'est Belle qui prend finalement la parole.

— *C'est une tour magique. Elle annonce le début du territoire des fées des glaces.*

— Il y a des fées dans le nord ?

— *Oui, mais elles vivent dans un royaume de glace souterrain.*

— Et cette tour sert à marquer les frontières de leur domaine ?

— *Oui. Si un humain la touche, les conséquences sont imprévisibles. Un effet magique va survenir, mais il est impossible de le deviner à l'avance.*

❖ Si vous voulez toucher la tour, **allez au 120.**

❖ Si vous préférez retourner au traîneau et continuer votre route, **allez au 116**.

107

Cette auberge porte le nom de Nanuq. Bien avant d'y entrer, vous y percevez une agitation anormale. Votre oreille experte vous prévient d'une situation qui pourrait devenir incontrôlable. Vous y entrez donc d'un pas circonspect, pendant que Belle, comme d'habitude, va se trouver un tas de neige confortable pour passer la nuit.

Effectivement, cette auberge est particulièrement bruyante et agitée. Plusieurs aventuriers ont pris place aux tables et semblent vouloir se faire remarquer. L'aubergiste, qui en a vu d'autres, décide d'intervenir avant que la situation ne dégénère.

Le colossal homme au teint foncé, dont la prestance entraîne le respect, s'avance vers le centre de la salle et demande la parole gentiment :

— Taisez-vous, bande de criards ! Venez plutôt vous affronter au tir au poignet. Une bourse de 25 pièces d'or en jeu. Qui seront les premiers à vouloir tester leur force ?

— Moi ! Non, lui ! dit une petite voix.

Vous riez vous aussi en entendant cet enfant se proposer en tant que participant, jusqu'à ce que la foule se disperse et que vous constatiez qu'en fait, cette petite voix appartient à votre ami Jack — qui vous pointe du doigt.

❖ Si vous voulez vous joindre à cette activité, **allez au 97**.

❖ Sinon, vous pouvez enfouir Jack dans votre poche et monter à votre chambre pour repartir reposé demain ; **allez au 117**.

108

Le combat contre le démon des glaces va commencer ! Avant toute chose, prenez note des règles spéciales suivantes :

- Toute attaque basée sur le feu infligera le double des dégâts habituels.
- Toute attaque basée sur le froid n'aura aucun effet.
- Le démon est trop puissant pour être paralysé ou entravé par un sortilège.
- Vous ne pouvez pas échapper au combat avec une technique comme le Vol Rapide du voleur ou la Mort Feinte du ninja.
- Ni Jack ni Belle ne peuvent intervenir dans ce combat; le démon est trop fort pour eux. Jack peut cependant insulter le démon, ce qui réduira son estime de soi.

Démon des glaces

Caractéristiques	
Attaque	**Vie**
19	120
Trésor	
Aucun	

Chaque fois que le démon vous touchera, lancez le dé pour connaître le résultat de son attaque :

Si vous obtenez	1	2	3	4	5	6
Rendez-vous au	121	122	123	124	125	126

❖ Si vous réduisez les points de Vie du démon à 0, **allez au 111**.

109

Vous ne croyez pas qu'une petite tempête peut effrayer un aventurier comme vous. Malheureusement, vous ne connaissez pas la férocité des blizzards du nord. Dès que la tempête commence, la neige tombe en telle quantité que vous ne voyez plus rien. Par ailleurs, le vent vous souffle au visage avec la rage d'une bête sauvage.

En cinq minutes, vous êtes complètement perdu !

Ajoutez 2 points à vos points de Gel. Ensuite, lancez un « Jet de Chance ».

❖ Si vous réussissez, **allez au 101**.

❖ Si vous échouez, **allez au 105**.

110

Vous libérez donc la belle Anouk, la fille du maire. Comme le voulait la rumeur, celle-ci possède une beauté exceptionnelle. De retour au village, Jack ne se gênera pas pour glorifier son rôle dans le sauvetage, mais il ajoutera, cette fois-ci, quelques mots honorables à votre égard. Ce qui vous vaudra un baiser de la dame et la récompense promise par le maire. Par ailleurs, vos exploits deviendront le récit préféré du maire pour bien longtemps.

— Quelle est notre récompense ? demande Jack.

— Je vous donne le choix, répond le maire : 25 pièces d'or ou un Cristal de Feu.

Vous étudiez le Cristal de Feu : c'est un joyau transparent, gros comme un poing, avec une flamme à l'intérieur. Le maire vous explique que ce cristal est ensorcelé. Si vous le jetez sur un ennemi, vous libérerez les puissantes flammes magiques qu'il contient ; mais vous ne pourrez le faire qu'une seule fois.

Choisissez entre les 25 pièces d'or et le Cristal de Feu. Si vous choisissez le Cristal de Feu, et si vous l'utilisez contre un ennemi, celui-ci perdra 8 dés de points de vie.

Maintenant, il est tard et vous avez sommeil.

❖ Si vous voulez visiter la boutique du village avant d'aller dormir, **allez au 183**.

❖ Si vous préférez vous rendre tout de suite à l'auberge pour la nuit, **allez au 49**.

111

Un terrible mugissement fait écho sur la haute muraille de glace. Le démon est vaincu! Il dresse sa tête bleue vers le ciel enneigé, émet un cri dont les échos se répercutent jusqu'aux horizons, puis se transforme en statue de glace, figé à jamais.

Vous avez gagné! Félicitations!

— Et voilà le travail! proclame Jack. Nous sommes les meilleurs!

— As-tu oublié pourquoi nous sommes venus dans le nord, Jack?

La grenouille sursaute. C'est vrai, il avait presque oublié. Vous êtes venus pour sauver Nieille, et non pour vous battre contre les démons familiers de Deltamo. Et cette mission n'est pas encore réussie. Il vous reste du travail à accomplir!

Rendez-vous au 200.

112

Vous comprenez rapidement pourquoi c'est gratuit. À votre réveil, vous vous apercevez que vous avez passé la nuit dans la même chambre que deux grosses brutes totalement ivres. Vous récupérez tout de même 5 points de Vie.

Après avoir quitté l'auberge, vous reprenez votre mission.

D'après la carte, le seul village que vous puissiez maintenant atteindre est Hey, au nord-est. Lorsque vous rejoignez Belle à l'extérieur — elle a dormi dans la neige, comme à chaque nuit — , elle vous apprend que le territoire du démon sanguinaire commence au nord de Hey.

Toutefois, pour atteindre Hey, il faudra que vous franchissiez la Rivière Gelée, dont la glace n'est pas toujours solide et sécuritaire…

Allez au 95.

113

Tout à coup, plusieurs flèches se plantent dans le traîneau !

Vous dégainez votre arme et regardez autour de vous. Plusieurs barbares sortent de la forêt, vêtus de fourrures brunes et armés d'arcs primitifs, de couteaux en os et d'épieux faits à partir de branches effilées.

Vous ne seriez pas vraiment menacé s'ils n'étaient que deux ou trois, mais vous avez affaire à toute une patrouille. Ils savent qu'ils ont l'avantage du nombre et ne montrent aucune hésitation en s'approchant de vous. Ils vont pouvoir vous tuer, vous enterrer dans la neige et se partager tout votre équipement.

Évidemment, vous n'allez pas les laisser faire.

Barbares des neiges

Caractéristiques	
Attaque	**Vie**
16	50
Trésor	
Aucun	

Arme	Dégât
Arme primitives	5

❖ Si vous survivez au combat, vous trouvez 22 pièces d'or en leur possession. Vous décidez ensuite de partir avant d'être attaqué par d'autres barbares. Heureusement, vous n'êtes plus très loin de l'issue de la forêt : vous pourrez en sortir sans subir une autre agression.

Rendez-vous au 103.

114

Furieux, le Yéti saute dans votre direction et atterrit dans la neige devant vous. La créature veut vous dévorer sur place ! Vous devez maintenant l'affronter en combat mortel.

Attention ! Si vous avez été frappé à l'épaule par un bloc de glace, votre valeur d'Attaque sera pénalisée de 1 point pour tout le combat. Si vous avez été blessé aux deux épaules, votre valeur d'Attaque sera pénalisée de 2 points.

Yéti

Caractéristiques		
Attaque		**Vie**
15		48
Trésor		
Aucun		

Arme	Dégât
Griffes aiguisées	7
Poings géants	5

Chaque fois que le Yéti vous touchera, lancez le dé.

❖ Si vous obtenez 1, 2 ou 3, le Yéti vous blessera avec ses griffes.

❖ Si vous obtenez 4, 5 ou 6, le Yéti vous frappera avec ses poings.

❖ Si vous êtes vainqueur, **allez au 67**.

115

Après la Rivière Gelée, le voyage vers le village de Hey se fait sans obstacle majeur. Lancez tout de même un « Jet de Chance ».

❖ Si vous réussissez, vous arrivez à destination sans problème. **Allez au 100**.

❖ Si vous échouez, votre voyage est interrompu par l'attaque d'une créature du nord. Lancez le dé selon la règle des *Monstres Aléatoires* et combattez la créature. Si vous sortez vainqueur du combat, vous pouvez reprendre votre route jusqu'à Hey. **Allez au 100**.

116

Pendant deux heures, vous vous dirigez vers le nord, de plus en plus loin du village de Hey. Il neige à gros flocons, que Jack essaie d'attraper sur sa langue.

— Tu devrais arrêter de jouer, suggérez-vous. Le démon peut nous guetter.

— *Regardez*, dit Belle.

Vous observez l'horizon blanc. Une muraille de glace est apparue. Presque en face de vous, vous apercevez l'ouverture d'une vaste grotte.

— Le repaire du démon?

— *Oui.*

Comme pour souligner la réponse de Belle, un puissant rugissement se fait entendre. La terrible créature a deviné qu'il y avait des intrus sur son territoire!

— Le voilà! Le voilà! s'écrit Jack en bondissant sur votre épaule.

Le monstre apparaît à l'entrée de la caverne, accroupi sur une corniche. C'est une puissante créature humanoïde à la peau bleue, pourvue d'une longue queue flexible. Ses griffes, ses crocs et ses cornes ont tous l'aspect de la glace pure — et peut-être sont-ils réellement faits en glace.

— Je ne vois pas Deltamo, dites-vous.

— *Je ne pense pas que votre Deltamo traîne dans les parages*, dit Belle. *Cette créature le dévorerait sans hésiter, même si c'est lui qui l'a invoquée.*

❖ Si vous possédez un Cristal de Feu, **allez au 98**.

❖ Si vous n'avez pas cet objet magique, **allez au 108**.

117

Si vous avez gagné au moins une partie de bras de fer, l'aubergiste vous offrira la chambre gratuitement. Sinon, il vous en coûtera 2 pièces d'or pour y loger. Comme d'habitude, si vous dormez à l'auberge, vous récupérez 5 points de Vie, mais si vous dormez dans votre tente, vous n'en récupérez pas.

Le lendemain matin, vous vous levez à l'aube et reprenez votre mission.

— Nous sommes chanceux, dites-vous. Tous les autres aventuriers sont encore au lit, ils ont trop fêté hier soir. Nous partirons les premiers.

Vous vous tournez vers Belle.

— Peux-tu nous guider vers l'endroit où apparaît normalement le démon ?

— *Oui, je peux le faire … si tu te sens prêt à le battre.*

Jack s'esclaffe de rire.

— Bien sûr que je suis prêt à le battre ! Si je n'y arrive pas, personne n'y arrivera !

Belle pose ses yeux rouges sur Jack.

— *Tu sais, je crois que les démons des glaces aiment bien les petites grenouilles.*

Jack se tourne vers vous avec inquiétude.

— C'est vrai ça ?

— Belle te taquine, Jack. Allons-y, ne perdons pas plus de temps.

Guidé par la chatte des neiges, vous sortez du village de Hey et prenez la direction du nord. Après une vingtaine de minutes, vous apercevez une grande tour cristalline qui émerge de la neige. La tour est trop étroite pour qu'il y ait des escaliers ou des salles à l'intérieur, mais elle se dresse à une hauteur vertigineuse.

❖ Si vous voulez vous arrêter pour examiner cette structure, **allez au 106**.

❖ Si vous préférez ne pas perdre de temps, **allez au 116**.

118

Vous vous grattez la tête avec perplexité. Vous avez battu les gobelins qui sur-veillaient le pont, mais comment allez-vous détruire ce sapin géant ? Vous ne réussirez jamais à le pousser dans le gouffre sans l'aide de plusieurs hommes. Mais si vous retournez au village, les gobelins auront le temps, eux aussi, d'amener des renforts pour défendre le pont. Finalement, vous auriez peut-être dû emmener Jack ; ses conseils auraient pu vous être utiles.

Soudain, la solution vous apparaît !

Vous vous dirigez vers l'endroit où les gobelins étaient occupés à faire cuire un animal. Ce n'est pas la bête rôtie qui vous intéresse, car elle est répugnante. C'est plutôt le feu !

Lorsque vous revenez en direction du sapin, c'est avec un tison enflammé à la main. Vous vous servez alors de ce flambeau pour mettre le feu aux branches de l'arbre. Lorsque le bois résineux se met à brûler, vous savez que votre mission est un succès, car le sapin calciné ira s'écrouler au fond du ravin et les gobelins ne pourront plus franchir le gouffre. Les villageois n'auront plus besoin de craindre leurs attaques. Il ne vous reste plus qu'à rentrer au village.

Lancez toutefois un « Jet de Chance ».

❖ Si vous réussissez, **allez au 71**.

❖ Si vous échouez, **allez au 74**.

119

Vous surgissez de nulle part et foncez dans le tas de gobelins en rugissant un cri de guerre ! Les créatures ont été complètement prises au dépourvu. Avant qu'elles ne puissent réagir, vous en massacrez une demi-douzaine. Les autres ne représentent plus qu'une menace mineure, mais les gobelins des glaces sont assez féroces pour vous attaquer quand même. Vous devez tous les combattre en même temps.

Gobelins des glaces

Caractéristiques	
Attaque	**Vie**
14	50
Trésor	
Aucun	

Arme	Dégât
Couteaux et gourdins	5

Si vous gagnez contre les gobelins, vous ramassez sur le chef la somme de 8 pièces d'or. Vous trouvez également une potion de vie légère, à demi gelée. **Allez ensuite au 90.**

120

Vous avancez vers la tour cristalline et posez vos mains sur sa surface. Que va-t-il se produire ? Comme Belle vous l'a dit, cela dépendra du hasard. Lancez le dé.

❖ Si vous obtenez 1 : La magie de la tour vous rend tous vos points de Vie. Ramenez votre total de points de Vie à sa valeur maximale.

❖ Si vous obtenez 2 : Vous subissez un sort néfaste qui vous rend très maladroit. Réduisez votre Habileté à 1 point jusqu'à la fin de cette aventure.

❖ Si vous obtenez 3 : Vous êtes touché par une magie puissante qui aiguise vos réflexes. Améliorez votre Attaque de 1 point jusqu'à la fin de cette aventure.

❖ Si vous obtenez 4 : Un sortilège maléfique vous rend désormais très malchanceux. Réduisez votre Chance à 1 point jusqu'à la fin de cette aventure.

❖ Si vous obtenez 5 : La tour vous rend magiquement plus fort. Jusqu'à la fin de cette aventure, vous ferez 1 point de dégât supplémentaire chaque fois que vous frapperez un ennemi.

❖ Si vous obtenez 6 : Vous recevez un éclair bleu en pleine poitrine. Lancez deux fois le dé et soustrayez le résultat de vos points de Vie.

Vous pouvez prendre le risque de toucher la tour plusieurs fois si vous voulez. Lancez de nouveau le dé à chaque essai. Les conséquences s'additionnent les unes aux autres. Attention de ne pas finir par vous tuer. Lorsque vous aurez assez joué avec la tour magique des fées, retournez au traîneau et **allez au 116**.

Attaques du démon

121

Le démon vous porte un coup de griffes sauvage. Lancez un « Jet d'Habileté ». Si vous échouez, vous perdez 8 points de Vie. Si vous réussissez, vous ne perdez que 4 points de Vie. **Retournez au 108** si vous êtes encore vivant.

122

Le démon se jette sur vous et vous mord. Lancez un « Jet de Chance ». Si vous réussissez, vous êtes mordu à l'épaule et vous perdez 4 points de Vie. Si vous échouez, vous êtes mordu dans le cou et vous perdez 8 points de Vie. Un bouclier ne peut pas vous protéger contre cette attaque. **Retournez au 108** si vous êtes encore vivant.

123

Le démon fait claquer sa longue queue barbelée comme s'il s'agissait d'un fouet. Lancez un « Jet d'Habileté ». Si vous réussissez, vous n'êtes qu'éraflé : vous perdez

2 points de Vie. Si vous échouez, vous êtes frappé en plein visage et perdez 6 points de Vie. Un bouclier ne peut pas vous protéger contre cette attaque. **Retournez au 108** si vous êtes encore en vie.

124

Le démon ouvre grand la bouche et projette sur vous un souffle glacial à une température de -100 °C. Lancez un « Jet de Chance ». Si vous réussissez, vous subissez 4 points de Gel (mais vous ne pouvez pas vous défendre contre cette attaque avec un bouclier). Si vous échouez, vous subissez 8 points de Gel et vous êtes pénalisé de 1 point d'Attaque pour le reste du combat en raison de l'engelure de vos mains.

Une pastille bleu ciel peut réduire la pénalité de points de Gel de moitié. La pénalité d'Attaque reste la même, mais elle ne peut être subie qu'une fois pour tout le combat.

Retournez au 108 si vous êtes encore vivant.

125

Le démon ne vous blesse pas, mais il vous jette un sort magique. Vous allez automatiquement rater le prochain « Jet de Chance ou d'Habileté » que l'on vous demandera. **Retournez au 108**.

126

Le démon vous attaque avec un pouvoir psychique. Si vous avez des pouvoirs magiques, cette attaque brouille votre cervelle et vous fait oublier vos formules. Vous ne pourrez pas employer vos pouvoirs magiques pendant les deux prochains assauts. Si vous n'avez pas de pouvoirs magiques, l'attaque télépathique vous fait simplement perdre 4 points de Vie. **Retournez au 108** si vous êtes encore en vie.

Boutiques des villages
181

BOUTIQUE DU VILLAGE D'ILUQ

Voici les objets que vous pouvez acheter à la boutique du village d'Iluq. Vous pouvez également vendre n'importe quel objet pour la moitié de sa valeur d'achat. Les boutiques du nord n'étant pas bien fournies, vous ne pouvez acheter rien d'autre que ce qui est dans la liste.

Objets	Prix
Marteau topaze Dégats : 7	25
Épée topaze Dégats : 7	25
Dague topaze Dégats : 6	25
Sceptre topaze Dégats : 6	25
Bouclier rubis Dégats : −2	100

Objets	Prix
Potion antipoison Annule l'effet d'un poison (1 fois).	10
Potion de vie moyenne Vie + 2 dés	8
Potion de vie élevée Vie + 4 dés	20
Potion de vision de nuit Permet de voir dans le noir.	10
Sort de transformation en tigre des neiges Pour les druides. Le tigre a 18 points d'Attaque et 36 points de Vie.	160
Pastille bleu ciel Protège contre le froid pendant 2 heures. Retire 3 points de Gel.	5
Bague de vie +1 Ajoute 1 point de vie permanent.	18

182

BOUTIQUE DU VILLAGE D'AQUUTAQ

Voici les objets que vous pouvez acheter à la boutique du village d'Aquutaq. Vous pouvez également vendre n'importe quel objet pour la moitié de sa valeur d'achat. Les boutiques du nord n'étant pas bien fournies, vous ne pouvez acheter rien d'autre que ce qui est dans la liste.

Objets	Prix
Katana topaze Dégats : 7	25
Shirukens topaze Dégats : 6	20
Arc topaze Dégats : 6	25
Potion d'invisibilité Rend invisible, le temps de fuir un combat.	20
Potion de vie légère Vie + 1 dé	4
Potion de vie moyenne Vie + 2 dés	8
Sort de prédiction Permet de lire un paragraphe à l'avance dans l'avenir (1 fois/jour).	40
Lanterne Lanterne ordinaire.	5

Objets	Prix
Huile à lanterne Bonne pour 5 heures.	2

183

BOUTIQUE DU VILLAGE DE PITSIARK

Voici les objets que vous pouvez acheter à la boutique du village de Pitsiark. Vous pouvez également vendre n'importe quel objet pour la moitié de sa valeur d'achat. Les boutiques du nord n'étant pas bien fournies, vous ne pouvez acheter rien d'autre que ce qui est dans la liste.

Objets	Prix
Épée topaze Dégats : 7	25
Arc topaze Dégats : 6	20
Shirukens topaze Dégats : 6	25
Potion d'agilité Permet de réussir un « Jet d'Habileté ».	15

Objets	Prix
Potion de vie légère Vie + 1 dé	4
Poison Flacon de poison dangereux.	8
Sortilège de douleur Inflige une douleur surnaturelle à un ennemi. Il perd 8 points de Vie (1 fois/jour).	35
Pelle Pelle ordinaire.	2
Rouleau de corde Corde de 25 mètres.	4

184

BOUTIQUE DU VILLAGE DE KAMIK

Voici les objets que vous pouvez acheter à la boutique du village de Kamik. Vous pouvez également vendre n'importe quel objet pour la moitié de sa valeur d'achat. Les boutiques du nord n'étant pas bien fournies, vous ne pouvez acheter rien d'autre que ce qui est dans la liste.

À vous de jouer !

Objets	Prix
Katana topaze Dégats : 7	25
Arc topaze Dégats : 6	25
Bouclier gris de base Dégats : –1	20
Potion d'agilité Permet de réussir un « Jet d'Habileté ».	15
Potion de vie légère Vie + 1 dé	4
Potion de vie moyenne Vie + 2 dés	8
Sortilège d'ouverture des portes Ouvre une serrure par magie.	15
Pioche Pioche ordinaire.	2
Rouleau de corde Corde de 25 mètres.	4
Pastille verte Habileté +1 pour un seul « Jet d'Habileté ».	15

185

BOUTIQUE DU VILLAGE DE QANNIK

Voici les objets que vous pouvez acheter à la boutique du village de Qannik. Vous pouvez également vendre n'importe quel objet pour la moitié de sa valeur d'achat. Les boutiques du nord n'étant pas bien fournies, vous ne pouvez acheter rien d'autre que ce qui est dans la liste.

Objets	Prix
Épée topaze Dégats : 7	25
Marteau topaze Dégats : 7	25
Shirukens topaze Dégats : 6	20
Bouclier gris de base Dégats : –1	20
Potion de respiration sous-marine Permet de respirer sous l'eau (15 minutes).	15
Potion de vie moyenne Vie + 2 dés	8

Objets	Prix
Potion de vie forte Vie + 3 dés	15
Sortilège de confusion L'ennemi atteint devient confus et perd 1 point d'Attaque pour le combat (1 fois/jour).	40
Fourrures de luxe Réduiront vos futures pénalités de points de Gel de moitié.	12
Boussole Indique le Nord.	2
Pastille bleue Chance +1 pour un seul « Jet de Chance ».	15

186

BOUTIQUE DU VILLAGE D'ANNAKPOK

Voici les objets que vous pouvez acheter à la boutique du village d'Annakpok. Vous pouvez également vendre n'importe quel objet pour la moitié de sa valeur d'achat. Les boutiques du nord n'étant pas bien fournies, vous ne pouvez acheter rien d'autre que ce qui est dans la liste.

Objets	Prix
Dague topaze Dégats : 6	25
Sceptre topaze Dégats : 6	25
Bouclier gris de base Dégats : –1	20
Potion d'invisibilité Rend invisible, le temps de fuir un combat.	20
Potion de vie légère Vie + 1 dé	4
Potion de vie moyenne Vie + 2 dés	8
Sortilège de recul temporel Renvoie le magicien deux secondes dans le passé afin qu'il puisse recommencer un lancer de dé défavorable.	50
Lanterne Lanterne ordinaire.	5
Huile à lanterne Bonne pour 5 heures.	2
Outils de voleur Outils pour crocheter les serrures.	10

Objets	Prix
Pastille rouge Attaque +1 pour un seul combat.	10

187

BOUTIQUE DU VILLAGE DE HEY

Voici les objets que vous pouvez acheter à la boutique du village de Hey. Il semble y avoir une meilleure sélection ici que dans les autres villages, alors profitez-en si vous avez assez d'or. Vous pouvez aussi vendre n'importe quel objet pour la moitié de sa valeur d'achat.

Objets	Prix
Sceptre saphir Dégâts : 7	50
Katana saphir Dégâts : 8	50
Arc saphir Dégâts : 7	50
Shirukens saphir Dégats : 7	30

Objets	Prix
Bouclier rubis Dégâts : −2	100
Potion antipoison Annule l'effet d'un poison (1 fois).	10
Potion de vie forte Vie + 3 dés	15
Potion de vie extrême Rend tous les points de Vie.	30
Sortilège de mur de flammes Pour les magiciens. Tous les ennemis perdent 3 dés de points de Vie.	160
Bague de vie +2 Ajoute 2 points de Vie permanents.	75
Potion bleue de force Dégâts +2 pour 1 combat.	20
Anneau de protection +1 Réduit les dégâts ennemis de 1 point.	100
Anneau blanc de familier Grâce à cet anneau, vous aurez un petit familier : une petite belette des neiges. Quoique cet animal soit lié à l'anneau, personne ne verra qu'il est magique. Il attaquera toujours avec vous, ce qui vous donnera 1 point de dégât supplémentaire. Un seul anneau de familier possible.	75

À vous de jouer !

Objets	Prix
Pastille bleu ciel Protège contre le froid pendant deux heures. Retire 3 points de Gel.	5
Potion de chance Garantit la réussite du prochain « Jet de Chance ».	12
Cristal de feu Charge explosive magique. Cause 8 dés de dégâts aux ennemis (1 fois).	125

Monstres aléatoires

191

Vous tombez par malchance sur une patrouille de Gobelins des Glaces. Ces malfaisantes créatures vous attaquent pour voler votre traîneau et votre équipement.

Gobelins des glaces

Caractéristiques	
Attaque	**Vie**
14	35
Trésor	
Aucun	

Arme	Dégât
Couteaux et gourdins	5

❖ Si vous êtes vainqueur, vous trouvez dans leurs poches 8 pièces d'or.

192

Vous voyez surgir un groupe de loups blancs dans la neige. Le chef de la meute pousse un long hurlement qui fait écho sur les glaciers, et tous les loups vous attaquent ensemble.

Meute de loups blancs

Caractéristiques	
Attaque	**Vie**
14	45
Trésor	
Aucun	

Arme	Dégât
Crocs et griffes	5

❖ Si vous êtes vainqueur, vous pouvez prendre le temps de retirer la fourrure des deux loups les moins abîmés. Chacune de ces fourrures pourra être vendue pour 8 pièces d'or dans n'importe quel village du nord.

193

Avec horreur, vous voyez la silhouette d'un Fantôme des glaces se découper dans la neige ! C'est l'esprit d'un voyageur égaré qui est mort dans le froid, et qui cherche maintenant à entraîner d'autres aventuriers imprudents dans la mort. Si vous connaissez le sortilège d'Exorcisme, vous pouvez l'utiliser contre cette apparition.

Fantôme des glaces

Caractéristiques	
Attaque	**Vie**
15	28
Trésor	
Aucun	

Arme	Dégât
Toucher glacial	6

❖ Si vous êtes vainqueur, le spectre se dissipe dans la neige et disparaît complètement. Pour avoir libéré cette âme tourmentée, vous réussirez automatiquement votre prochain «Jet de Chance».

194

Les terres glacées de Telka abritent de puissants ours polaires, et l'un d'eux est apparu sur votre chemin. Il a faim, et il attaque votre traîneau. Vous devez défendre vos chiens et votre vie.

Ours polaire

Caractéristiques	
Attaque	Vie
15	35
Trésor	
Aucun	

Arme	Dégât
Crocs et griffes	6

❖ Si vous êtes vainqueur, vous pouvez prendre le temps de lui retirer sa fourrure. Vous pourrez vendre cette fourrure d'ours pour 12 pièces d'or dans n'importe quelle boutique du nord.

195

Par malheur, vous êtes confronté à l'une des créatures les plus dangereuses des terres de Telka : un tigre des neiges à dents de sabre ! Vous devez vous défendre contre cette puissante créature sauvage !

Tigre des neiges à dents de sabre

Caractéristiques	
Attaque	**Vie**
16	48
Trésor	
Aucun	

Arme	Dégât
Crocs et griffes	8

❖ Si vous êtes vainqueur, vous pouvez
scier et emporter ses longues canines.
Vous pourrez vendre ces dents de
tigre pour 10 pièces d'or dans n'importe quel village du nord.

196

Vous n'avez pas de chance aujourd'hui.
Votre chemin croise celui de la plus terrible
créature naturelle de Telka : le mammouth
laineux ! Avec un prodigieux barrissement,
la bête gigantesque fonce sur votre traîneau. Un terrible combat va commencer !

Mammouth

Caractéristiques	
Attaque	**Vie**
15	80
Trésor	
Aucun	

Arme	Dégât
Défenses	7

❖ Si vous êtes vainqueur, vous pouvez scier et emporter ses longues défenses en ivoire. Vous pourrez vendre ces défenses de mammouth pour 20 pièces d'or chacune dans n'importe quelle boutique des terres du nord.

Fin de la quête

200

Soudain, vous entendez un rire cruel. Vous levez la tête et apercevez une silhouette humaine au sommet de la muraille de glace.

— C'est lui! s'exclame Jack.

Vous avez également reconnu le *drow* en robe bleue.

— Deltamo!

Debout au sommet de la falaise, il est intouchable. Vous ne pouvez pas l'atteindre. Lui, en revanche, peut facilement se faire entendre.

— Félicitations, brave aventurier! s'exclame-t-il sarcastiquement. Je vois que tu as surmonté ma première épreuve avec brio! Je n'attendais rien de moins de toi!

Jack marmonne dans votre oreille.

— Qu'est-ce qu'il veut dire par sa « première » épreuve?

— Chut, Jack.

Deltamo n'a pas fini de se moquer de vous.

— J'espère que tu ne comptes pas abandonner. Après tout, la vie de ta chère amie repose entre tes mains. Si tu veux la retrouver, viens me rejoindre de l'autre côté de cette falaise. Nous allons beaucoup nous amuser, toi et moi — je te le promets! Ha ha ha!

Le vil personnage disparaît alors dans la neige, sans laisser de trace.

— Ah, le forban! s'exclame Jack.

— À quoi joue-t-il? vous demandez-vous avec colère. S'il veut me tuer, pourquoi ne vient-il pas immédiatement m'affronter?

Belle répond calmement à votre question.

— *Il est clair qu'il ne veut pas te tuer. Pas tout de suite.*

— Alors que veut-il?

— *Je ne sais pas, mais si tu veux le rejoindre de l'autre côté de la falaise, il n'y a qu'un moyen. Tu devras passer par les cavernes, et par le royaume souterrain des fées des glaces. Et les fées des glaces n'aiment pas que les humains pénètrent dans leur royaume.*

Vous serrez votre arme dans votre poing.

—Je franchirai le royaume des fées, affirmez-vous. Je vaincrai Deltamo et je sauverai Nieille. C'est une promesse !

— Oui, et c'est une promesse partagée, complète Jack.

À suivre dans le tome 9 :

LE DRAGON DES NEIGES

Le mot
de la fin

Merci, et j'espère que nous avons su vous divertir quelques heures.

N'oubliez pas que, en changeant de personnage et de choix, vous pouvez rejouer ce tome autant de fois que vous le voulez.

Nous vous invitons à nous faire part de vos commentaires concernant les livres de cette collection. Nous sommes toujours à la recherche de nouvelles idées.

Il ne nous reste donc qu'à vous donner rendez-vous au prochain tome. Préparez vous, aventuriers chevronnés, car bientôt vous aurez à affronter nul autre que le légendaire Deltamo…

Annexe A
Lexique

Jack ne manque pas une occasion pour sortir ce vieux lexique et vous traduire le vocabulaire du nord. Parfois, vous vous demandez s'il ne les invente pas !

Langage du nord	Traduction française
Annakpok (village)	dieu de la lune
Aquutaq (village)	neige
Hey (village)	hiver
Iluliaq	le glacier
Iluq (village)	gelé
Injuquaq	vieil homme
Itigiaq	belette
Kamik (village)	bottes
Kanosak	or
Kirima (village)	montagne
Nagojut	gentil
Nanuq	ours polaire

À vous de jouer !

Langage du nord	Traduction française
Nigaq	arc-en-ciel
Nukilik	la force
Nutaralak	bébé
Pitsiark (village)	beauté
Qannik (village)	flocon de neige
Raven	corbeau
Tavrani Tavra	Stop! Stop!
Tonraq	petit homme
Ublureak	étoile
Unalaq	vent de l'Ouest

Annexe B
Les fiches des personnages

V OICI les personnages suggérés dans ce livre. Cependant, vous pouvez aussi utiliser l'un de ceux que vous possédez déjà ou l'un de ceux présentés sur le site Web.

www.LivresAvousDejouer.com

À vous de jouer !

Guerrier/Guerrière

Nom		Différence entre mes points d'attaque et ceux de mon adversaire										
		Désavantage						Avantage				
		5	4	3	2	1	0	1	2	3	4	5
Âge	1	0	0	0	0	0	0	0	0	0+1	0+1	0+1
	2	X	X	0	0	0	0	0	0	0	0	0+1
	3	X	X	X	X	0-1	0	0	0	0	0	0
Autres	4	X	X	X	X	X	X	X-1	0	0	0	0
	5	X+1	X	X	X	X	X	X	X	X	0	0
	6	X+1	X+1	X+1	X	X	X	X	X	X	X	X

(Lancer 1 dé (6 faces))

Caractéristiques

Attaque	Vie	Chance	Habileté
14 (17)	42 (44)	3 (4)	2 (3)

Équipements

Or : 75

Nom	Explication	Autre détail
Torche	Torche et équipement d'allumage	
Potions de vie `moyennes (3)	Donne 2 dés de points de vie	Valeur de revente (3 pièces d'or)
Bague d'attaque +2	Ajout permanent de 1 point d'attaque	Valeur de revente (65 pièces d'or)
Bague de vie +2	Ajout permanent de 2 point de vie	Valeur de revente (40 pièces d'or)
Bague de chance + 1	Anneau qui augmente d'une façon permanente votre change de 1 point.	Valeur de revente (50 pièces d'or)
Potion rose/orange d'attaque (2)	Potion d'attaque légère. +1 Attaque pour 1 combat	Utilisation : 1fois/potion

Armes/magies

Nom	Explication	Dégât/magie	Utilisation
Marteau Topaze	Arme de couleur jaune topaze	7 points	

Magicien/Magicienne

Nom		Différence entre mes points d'attaque et ceux de mon adversaire										
			Désavantage						Avantage			
			5	4	3	2	1	0	1	2	3	4	5
Âge	Lancer 1 dé (6 faces) 1	0	0	0	0	0	0	0	0	0+1	0+1	0+1
	2	X	X	0	0	0	0	0	0	0	0	0+1
	3	X	X	X	X	0-1	0	0	0	0	0	0
	4	X	X	X	X	X	X	X-1	0	0	0	0
Autres	5	X+1	X	X	X	X	X	X	X	X	0	0
	6	X+1	X+1	X+1	X	X	X	X	X	X	X	X

Caractéristiques

Attaque	Vie	Chance	Habileté
13 (17)	28 (31)	4	3

Or : 75	Équipements	

Nom	Explication	Autre détail
Torche	Torche et équipement d'allumage	
Potions de vie moyennes (3)	Donne 2 dés de points de vie	Valeur de revente (3 pièces d'or)
Bague d'attaque +3	Ajout permanent de 3 point d'attaque	Valeur de revente (65 pièces d'or)
Bague de vie +3	Ajout permanent de 3 points de vie	Valeur de revente (40 pièces d'or)

Armes/magies

Nom	Explication	Dégât/magie	Utilisation
Sceptre topaze	Ce sceptre de couleur jaune topaze.	6 points	
Balle magique	Magie qui projette de petites balles colorées provoquant des chocs électriques.	4 points	2 fois/ jour
Boule de feu (magie)	Magie qui permet de projeter des boules de feu. Les boules explosent au contact de la cible.	6 points	2 fois/ jour
Invisibilité (magie)	Magie qui permet au lanceur de se rendre invisible pendant 30 secondes, le temps nécessaire d'abandonner le combat.	1 attaque	1 fois/ jour

À vous de jouer !

Voleur/Voleuse

Nom		Différence entre mes points d'attaque et ceux de mon adversaire										
		Désavantage					Avantage					
		5	4	3	2	1	0	1	2	3	4	5
Âge	Lancer 1 dé (6 faces) 1	0	0	0	0	0	0	0	0	0+1	0+1	0+1
	2	X	X	0	0	0	0	0	0	0	0	0+1
	3	X	X	X	X	0-1	0	0	0	0	0	0
	4	X	X	X	X	X	X	X-1	0	0	0	0
Autres	5	X+1	X	X	X	X	X	X	X	X	0	0
	6	X+1	X+1	X+1	X	X	X	X	X	X	X	X

Caractéristiques

Attaque	Vie	Chance	Habileté
13 (17)	30 (32)	4	5

Équipements

Or : 75

Nom	Explication	Autre détail
Torche	Torche et équipement d'allumage	
Potions de vie moyennes (3)	Donne 2 dés de points de vie	Valeur de revente (3 pièces d'or)
Bague d'attaque +3	Ajout permanent de 3 point d'attaque	Valeur de revente (65 pièces d'or)
Bague de vie +2	Ajout permanent de 2 points de vie	Valeur de revente (40 pièces d'or)

Armes/magies

Nom	Explication	Dégât/magie	Utilisation
Dague topaze	Cette dague de couleur jaune topaze.	6 points	
Vol rapide	Une fois par jour, le voleur lance un jet d'habileté et s'il réussit, il vole la créature et se sauve en évitant le combat.		1 fois/ jour